JN091082

ポーランド文学
KLASYKA LITERATURY POLSKIEJ
古典叢書
9

ミコワイ・レイ氏の鏡と動物園

Zwierciadło i zwierzyniec pana Mikołaja Reja

編・訳・著 関口時正
by SEKIGUCHI Tokimasa

未知谷
Publisher Michitani

目次

第六章　鏡に映す『真面目な人間の一生』 122

ミコワイ・レイの肖像　『鏡』（1568 年版）掲載の木版画

地図1　16世紀半ばのポーランド南部と本書に現れる地名

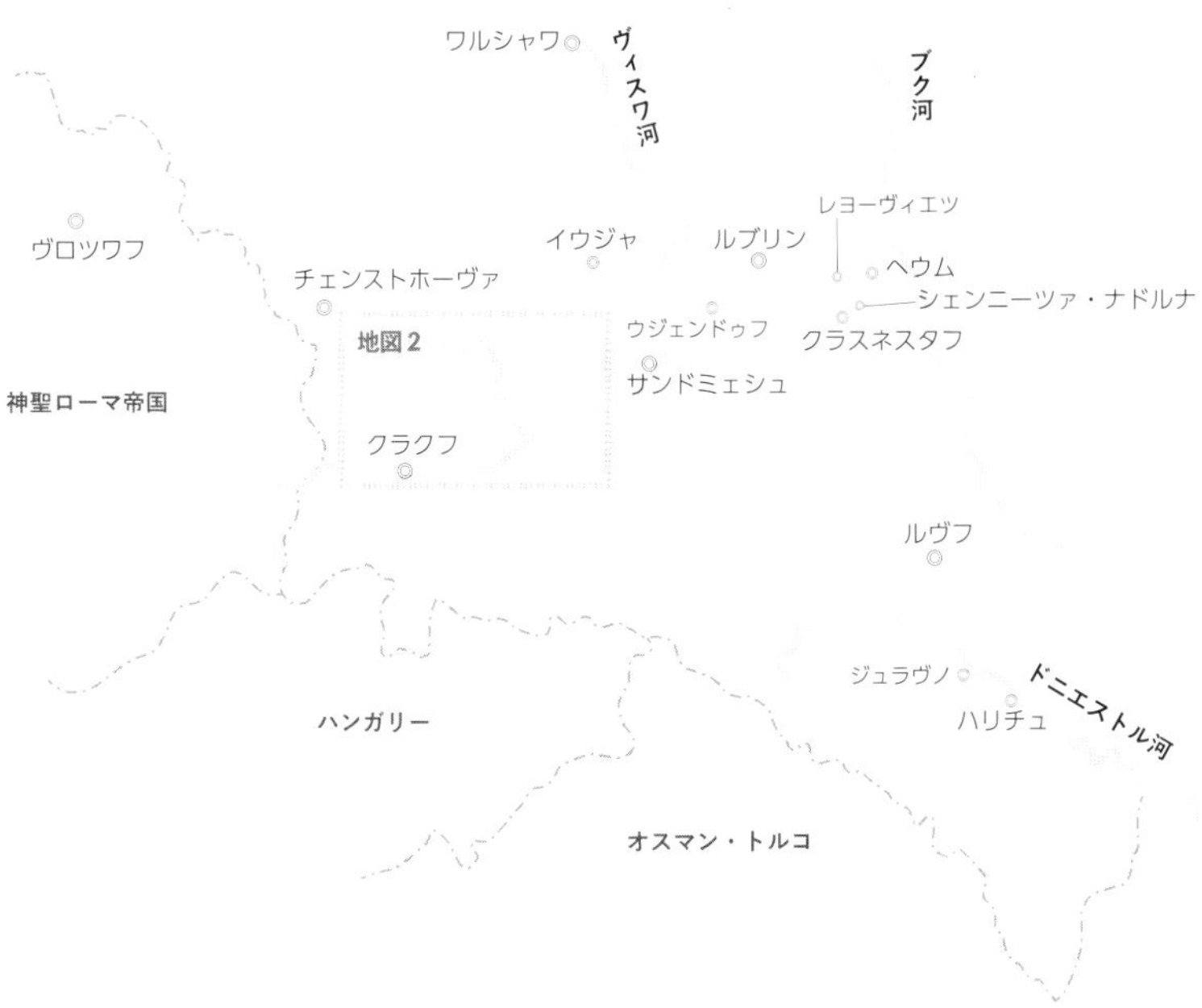

ワルシャワ
ヴィスワ河
ブク河
ヴロツワフ
レヨーヴィエツ
イウジャ
ルブリン
ヘウム
チェンストホーヴァ
シェンニーツァ・ナドルナ
ウジェンドゥフ
クラスネスタフ
地図2
サンドミェシュ
神聖ローマ帝国
クラクフ
ルヴフ
ジュラヴノ
ハリチュ
ドニエストル河
ハンガリー
オスマン・トルコ

地図2　マウォポルスカ地方のミコワイ・レイ関連地図

オクシャ（オクサ）
ナグウォヴィーツェ
ニダ河
イェンジェユフ
サンドミェシュへ
ピンチュフ
クションシュ
スカルブミェシュ
トポーラ
スウォノヴィーツェ
ボビン
ヴィスワ河
ルドノ
（テンチンスキの城）
クラクフ

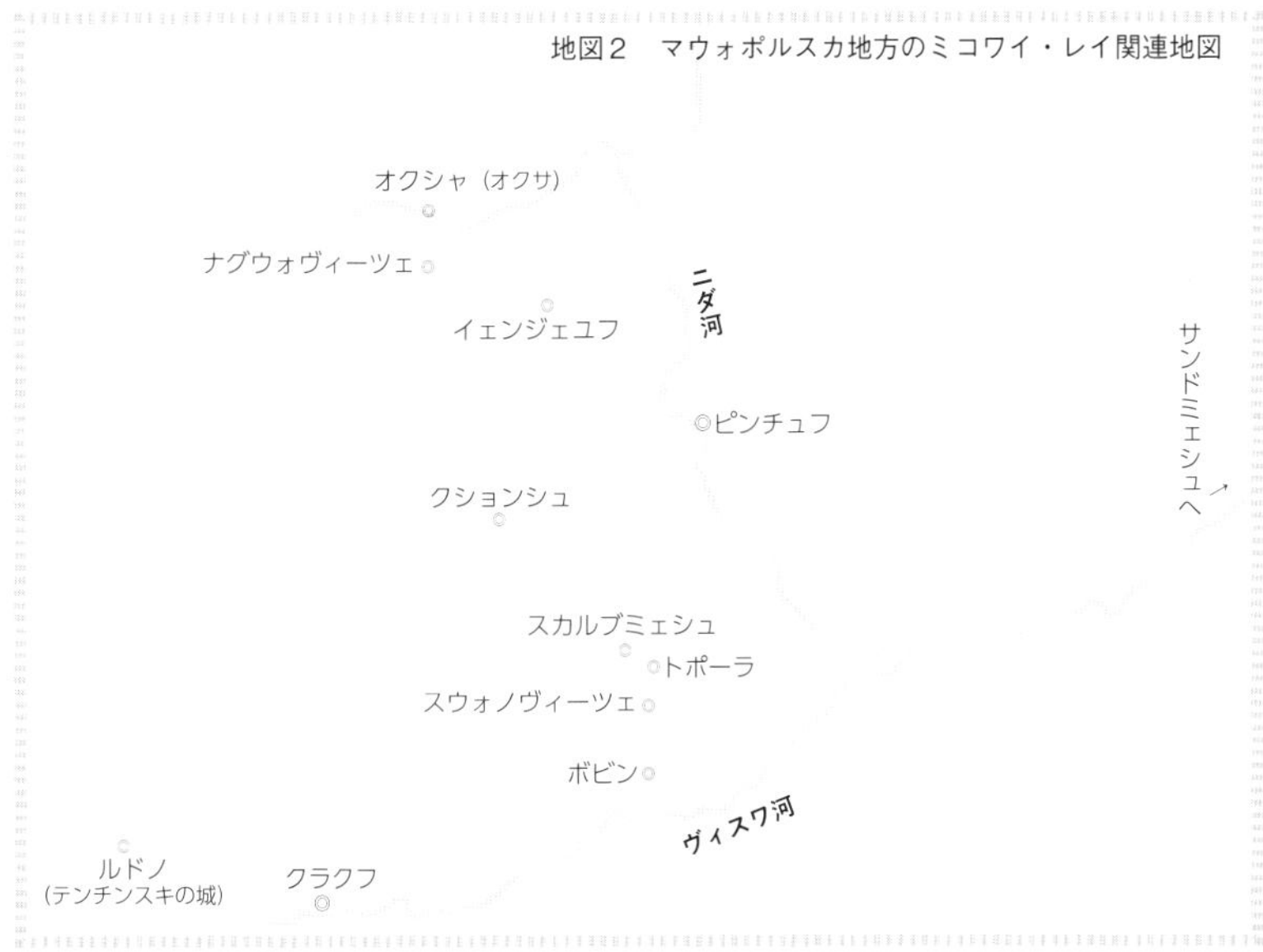

ミコワイ・レイ氏の鏡と動物園

《ポーランド文学古典叢書第9巻》

装幀　菊地信義

第一章　言語と民族

鵞鳥の言語

そして外国の諸民族には、弁えてもらいたい、
ポーランド人は鵞鳥に非ず、自分の言語を持つということを。

ポーランド人であれば誰でも知っているはずのこのフレーズは、一九世紀の半ば以降、「ポーランド文学の父」と呼びならわされてきたミコワイ・レイ（一五〇五～六九）という作家の言葉に由来する。由来はするのだが、レイがそう言ったわけではないので、話が複雑になる。これはレイが《読者に》という、より正確に言えば《ここまで読んでくれた人に》と題して書いた一種のあとがきの一部で、一五六二年に出版された書物『様々な身分、人物、

鳥獣の姿、性質、ふるまいを忠実に書き出し、集めた動物園』（以下『動物園』と略す）に収められている。このあとがきの全体は二八行の詩であり（図1）、問題の二行の原文はこうである——

A niechaj narodowie wżdy postronni znają,
Iż POLACY nie Gęsi, iż swój język mają.

ポーランド人なら皆が知っているフレーズと書いたが、それはあくまで「ポーランド人は、鵞鳥ではない。人間であり、自分の言語も持っている。諸外国の人間たちはそれを肝に銘じるがいい〔傍点は関口による。以下同様〕」というように誤解された意味で覚えている人が多いということなのである。そして特に「POLACY nie Gęsi／ポーランド人は鵞鳥に非ず」という部分だけが抜き出され、六音節二強勢からなる、語呂のいい金言として人口に膾炙（かいしゃ）している。

というわけで、冒頭に掲げたのは、多くのポーランド人が記憶している意味内容の訳としては正しくても、ミコワイ・レイが書いたポーランド語原文の日本語訳としては誤りで、正しくはこうなる——

Do tego co czytał.

Rozumiem temu iednák/ że cie co ruszyło/
    Bo co zeszło ná státku/ śmiechem sie zákryło.
Odpuść bráćie swoiáć rzeći/ coćby sie nie zdáło/
    Gdyż sie y to y owo/ społu pomieszáło.
Widziß tákie rozumy/ co ták świát zbiegáły/
    Ze niewiem czegoby iuż/ wßedy nie zmácáły.
Wiec teź ći nieukowie/ co pismá nie máia/
    Gdy nie moga medrowáć/ niechayże wżdy báia.
Bo komu inochody nie ostawa/ wiec greda/
    A báby gdy Lnu nie máß/ niech Konopie przeda.
A niechay narodowie wżdy postronni znáia/
    Iż POLACY nie Gesi/ iż swoy iezyk máia.
Wßák widamy v sławnych/ chociay nie Polacy/
    Pisáli teź ledá co chudzi nieboracy.
A o Polakoch sobie ledwe tám báiáli/
    Iż teź sa iáko ludzie/ ktorzy ie widáli.
¶ Ieslibyś teź z niełáski/ ná lewo ßácował/
    Maß pápir nápiß lepiey/ ia bede dziekował.
Bo by to własna sztuká ßyrmirzá káżdego/
    Miáłá być/ okazáć co/ ná ßkole nowego.
Gdyż to iest s przyrodzenia/ cudze spráwy gánić/
    Iákoby rzekł/ vmiałbych ia to lepiey spráwić.
Dzierże iż máteria możeß lepßa spráwić/
    Ale ia osmia wirßow trudno maß wypráwić.
Skoßtuyże miły bráćie/ wßák pápir nie drogo/
    A iesliże nieumieß/ nie ßácuy nikogo.
Bo wieß iżeć y zá to nápisána cená/
    Kto gáni/ nie dowiedzie/ talionis pena.

図 1

そして外国の諸民族には、弁えてもらいたい、
ポーランド人が、鵞鳥語ならぬ、自分の言語を持つことを。

なぜ誤読されたのかというと、原文二行目に見える「Gęsi／鵞鳥の」という形容詞を「Gęś／鵞鳥」という名詞の複数形と取り違えてしまったからだった。実は「鵞鳥の」という形容詞と「鵞鳥」という名詞の複数形がまったく同じ「Gęsi」なのである。

あくまで誤読なのだが、そう誤解した方がわかりやすく、意味合いもどぎつくおもしろくなるので広まったのではないかと私は思っている。その上、たとえば『ポーランド人は鵞鳥に非ず』と題されたルドヴィク・ヒェロニム・モルスティン（一八八六～一九六六）の戯曲が、一九五三年三月にワルシャワのテアトル・ポルスキで初演され、その後も各地の代表的な劇場で再演されているというような例を見てもわかるように、誤読を定着させる外的要因も少なくないのである。その背景には、いわゆる「民族性」「国民性」論議を好む大衆の心理が働いているのだろうと思う。こう言う私自身も長い間、これが誤読であると知らずにいた。疑うすべもなかった。チェスワフ・ミウォシュ著『ポーランド文学史』は、もともとミウォシュ自身が英語で書いたものをアメリカで出版した本だが、一九六九年の初版でも、八三年の第二版でも、次のように、私の言う「誤読」に基づいたままの英訳になっている――

Let the neighboring nations know that
Poles are not geese, but have their own language.

ではしかし、いったい「鵞鳥語」とは何なのか。

ガチョウを表すポーランド語はゲンシ、鳴き声はゲンガーニェあるいはゲンゴットと言われ、鳴くという動詞もゲンガッチであり、どれも擬音によって作られた語だろう。日本語でも、ガチョウがどう鳴くかと問われれば、ガーガーとかグワッグワッといった擬音語が考えられるが、かなり近いのではないだろうか。

レイの原文のこのくだりについて、学者のユリアン・クシジャノフスキは「鵞鳥語と書いて、あらゆる類いのジャルゴンを指している」と注釈している。ポーランド語で言う「ジャルゴン」には、かつてユダヤ人の話すイディッシュも含まれた。日本で言えばさしづめ「唐人の寝言」、「珍紛漢」か。各国語の「ジャルゴン」に、鳥の鳴き声を言う古い用例があるのもおもしろい。いずれにしても、意味のわからぬ雑音というニュアンスのある外国語、原始的な言語、文語に対する口語、俗語といった意味合いだと考えるのが一般的だ。

しかし、それとはむしろ逆に、レイの言う「gęsi język」すなわち「鵞鳥の言語」には、高度に発達した文明の言語、つまり古代ローマ時代から中世の終わりまで——分野によってはずっとその後も——書き言葉として君臨していた「ラテン語」の比喩がこめられていたのではないかと考える学者がいる。文字を書く時のペンが鵞鳥の羽を使っていたことや、古代ローマの都をガリア軍の攻略から守ったのがカピトリヌス神殿の聖なる鵞鳥たちだったという伝説に基づく、ローマすなわちラテン文明の連想からなど来る解釈だ。それはそれで説得力のある考え方だと思うし、「動物の言語」なのか、「文明の言語」なのか、私には判定できないが、この時代、つまり一六世紀に、「鵞鳥の言語」という言葉の組み合わせを使った例は、ミコワイ・レイ以外には見あたらないのも不思議ではある。

そもそも一頁全体を充てた《ここまで読んでくれた人に》という二八行の詩に何が書いてあるかというと、「読んでみてきっと不満もあることだろう。大切なことも大切でないことも一緒くたになってしまった。赦したまえ。しかしすべてを八行詩に収めるのもなかなかの難事だった。自分ならもっと上手に書けるというのであれば、ぜひそう言う貴君にもペンを握って書いてもらいたい。お手本を見せてほしい。紙代など安いものだ」という趣旨で、レイにしてはめずらしく挑発的な、強い口調の文章である。

ただ、冒頭に引いたセンテンスは、言語や民族、あるいは「ポーランド人」のような集団的自己像といった、レイという作家が非常にこだわった問題、あるいは「黄金の世紀」と言われるこの時代のポーランドにまつわる、とても重要な概念を核として含むと同時に、私たちにとっても大事な問題を提起している。

民族と集団的自意識

レイはこうも言っている――

ポーランドの外にいる人々、つまり外国の諸民族は、ポーランド人の言語を〔どうやら知性も〕馬鹿にしていると、いったい何度耳にしたことか。しかも、自分の言語を〔外国語より〕大事にしないのであれば、そんなポーランンド人よりものぐさな民族もない以上、神からの賜り物として誇れるものもあまりない、というのだ。

他方逆に、ポーランド人については、見かけの立派さやあらゆる類いの勉強にこれほどこだわる民族もなく、何につけても熱心に意欲をもって取り組むという評判もある。例を遠くに探すまでもなく考えてみると、最近の時代をふりかえっても、ポーランド語で書かれた初期の本を読んでみても、今日のポーランド人の言語あるいは話し方、あるいは他の表現方法も、昔のポーランド人のものに近いので、何とか吾らにも理解できるのではないかと思える。これは他でもない、ポーランド語の書物が、それも立派な、学のある著者たちによって書かれたものが少なからず現れたことが、その理由である。ということで、以下にお目にかける書は、世に出すことで、さまざまな評価を期待しつつ、恥を忍んで出版するものだが、神様から才能を授かった人々がそこに批判すべきことを見出したなら、今度はみずからが、より視野の広い、より人のためになるものを書こうと思い立ってくれるよう、そして彼らが自分の民族と言語を美しく磨くことで、外国の人々が考える、ものぐさという情けない汚名を雪いでもらいたい——他でもない、そういう真摯な思いから、書かれたものである。

『像』序

これは一五五八年の自作に添えた序文の一部である。はっきりとは読み取れない箇所もあるのだが、《外部の目からすると、ポーランド人が自国語を大切にしていないと見えるらしい。その情けない状態を改善するには、ポーランド語による良質の文学作品を増やすのが一番である。自分があえて本を書いて出版するのも、これを読んで飽き足りなく思った才能ある者に、もっと良いものを書いてもらいたいと願うからだ》というようなことが述べられているのは確かである。

四年後の一五六二年に出た書物の序文にはこうある――

これだけは言っておきたいのだが、私が本を書くのは、如何なる下心からでも、要りもしない名声を欲する欲望からでもない。ただ、あらゆる民族が自分の言語と業績を能うる限り美しく磨こうと――時には不必要でくだらぬものも書きながら――努めている中で、吾らポーランド人にだけは、その勢いがまるでないようなのだ。その結果、時として、ポーランドというのは町の名なのか、それともどこかの地方の名なのか、と外国人に尋ねられることもある始末だ。

『動物園』序

つまり、自分がポーランド語でものを書くのは、私利私欲のためではなく、ポーランド語のため、ポーランドのためなのだということなのだが、同じことはあちこちで、特に自作の前書きや後書きで書いている。次の訳は、さらに時が下った一五六五年に刊行された『黙示録』からの引用で、「祖国」(ojczyzna)という言葉も見える――

あたかも母親のようにみずからの懐で私を育ててくれたこの祖国と、民族とを慕う、一人のポーランド人として、私は、本来であれば、神から能力を授かり、そうするのが義務である筈の人々があまりにもなおざりにするのを見て、ただこの石一つもて、それを成さねばならなかった。本来であれば、語る能力のあるすべての者が、こうして主の讃美を告白すべきなのだ。主の素晴らしい全能について、畏れながらも、呼ばうことを試みるべきなのだ。また私の祖国が、とりわけ凍てついた地方において、そしてあまりこうしたことに心を用いぬ人々において、この隠された主の秘密と、如何なる理性によっても測り知れぬこの神性とに目を凝らすように仕向ける努力をすべきなのだ。なぜなら、このことを措いては、善きことは誰にも起こらず、始まることがないからだ。そして私は、大いなる畏れを懐きながらも、それをポーランド語で成そうと試みたのだった。暗中模索しながら、すべてを神に委ね、ありのままの真実からは逃げず、兄弟たちのため、みずからの民族のため、その記憶に残らんことを願って。

『黙示録』献辞

「石一つもて」というのは、『新約聖書』「ルカ伝」一九の四〇にある「われ汝らに告ぐ、此のともがら黙（もだ）さば、石叫ぶべし」（文語訳聖書）を踏まえた句だろう。

右の文章を読むと、先の二つに比べて、受動態や非人称構文などで主語を隠すこともせず、作者個人としての「私」をより明確に出していること、書物の題材が宗教的なものであるだけに当然とは言え、ポーランド語文学を創造するというより、あくまで宗教的真実をポーランド語で書いて広めることの意義が前面に押し出されている点が異なる。

さらに二年後の大著、最後の著作となる『鏡』（本書第六章参照）では――

人間が生来持つ放恣な性質を律するために、あらゆる民族が、みずからの言語によって、様々な事蹟や様々な美徳、誉れ高き風習を書き記し、著作物として、みずからの子孫たちに伝えてきた。ただ一人、吾らポーランド人だけが、みずからの言語においてすっかり眠りこけてしまったかのように、時に自分たちを律してくれるかも知れぬ著作をほとんど持たない。〔……〕他の民族たちが吾らポーランド人について書いているところによれば、どの方面で自分の修錬に努めようとするとしても、われわれポーランド民族ほど、あらゆる企てに対して生来の適性を発揮する民族を見つけることは困難だという。ところが、神様から学才を賜り、祝福された者に限って、みずから著作し、賢明な警告を発することによって、人々に為すべき義務を思い起こさせることをせず、手を拱く（こまぬ）ばかりなのである。まさに石よ叫べである。

『鏡』「真面目な人間の一生」序

……それゆえ「無学な田舎者」である自分がこういう本を書かざるを得なかった、とレイは言う。同じ『鏡』の第三部に収められた「アポフテグマタ」という教訓話集の献辞には次のような一節がある――

〔こうした教訓説話集は〕ギリシア語でも、イタリア語でも、ラテン語でも、その他の言語でも、どこにもある。ただ吾々だけが、こうした仕事においては眠りこけ、このような説話集だけではなく、もっと必要不可欠なものをも等閑（なおざり）にし、自分たちの言語を――そもそもさほど形の整ったものではないとしても――あまりにも押し潰し、損なってしまったがゆえに、時として吾々同士が互いに正しく理解しあえないこともある有様だ。しかし、他の事柄においてもそうであるように、この事柄においても、《主》はひそかにポーランド人の味方をしてくださっているように私には思われる。平和にかけても、満開の花の如き自由の享受にかけても、如何なる民族もこの民族ほど長い間慈しまれた民族はない。だからこそまた、《主》はすでに少なからぬ人々を呼び起こされ、彼らは今や、その真面目な著作により、〔社会生活における〕参加により、仕事により、正しい行いにより、このみずからの民族の歴史と事蹟を飾るにいたった。

私もまた、この高貴な民族の一本の挿し穂として、他の能力も学才も《主》から賜ってはいないものの、一つには習慣から、また一つには人々の事蹟からさまざまなことをこれまで観察してきたが、これを無駄にし、自分の民族のために何がしかの記念として残さぬわけにはゆかないと思った。無学な者にできるかぎりのものは書いた。願わくは、学者が書いたわけではないものにしては良いと、賢く明敏な者は受け取り、覇気ある者は、如何様(いかよう)にでも御批評賜らんことを。

『鏡』「アポフテグマタ」献辞

「満開の花の如き自由の享受」とは、シュラフタと呼ばれるポーランドの士族身分が、他の国にはないほど広範囲にわたる自由や特権を有していたということを指す。たとえばその具体的な表れの例として、《ニヒル・ノーヴィ》と略称される、一五〇五年の国会で承認された憲法がある。《全体のコンセンサスがない限り、新たなことは何も決定されない》、つまり、士族が構成する国会の承諾がなければ、国王の決定も効力を発しないというものである。士族による王権の制限は、やがて国王を士族が選挙で選ぶという事態にまでいたる。レイが没して間もなく、一五七三年には国会で実際に国王選挙があり、フランス人のアンリ・ド・ヴァロワがポーランド国王に選ばれた。

士族の権利が極大に拡げられる中で、権利を制約されたのは国王だけではなかった。農民は土地に縛りつけられたいわば活ける動産のような「農奴」として扱われ、都市に住む町民も大きく権利を制限された。士族はさらに、中世以来巨大な権力と利権を有していたローマの教皇庁、カトリック教会、聖職者の力を弱めようと欲し、そのことはレイの時代にプロテスタンティズムが士族の間で飛躍的に広まる契機ともなった。

以上、レイが書いた序文や献辞の類いを延々と引用したが、示したかったのは、「民族」、「ポーランド人」、「ポーランド」、「言語」というキーワードが、具体的にどう使われているかということである。

古い時代のポーランド語文学を勉強し始めてから随分と時間がたったが、当初はとても不思議に思ったことがあった。それは一六世紀中葉、つまり文語ポーランド語がよちよち歩きを始めたばかりの時代であるにも拘わらず、ポーランド語の「民族」(naród)という言葉の使われ方が、あまりにも二〇世紀の使われ方に近いということだった。この単語は、扱う時代や文献の種類によって、あるいは翻訳する人の専門分野によって訳し方は違い、近代であれば「国民」と訳す人が多いのではないかと思うが、私はできる限り「民族」という日本語をあてるようにしている。一つの理由は、このポーランド語の語源には血族という含意があるからだが、いま一つの理由は、ここに記したように、一六世紀から二一世紀までの連続性を強調したいということである。少なくとも右に挙げたようなレイの文章での使い方、その基にある意識は、現代ポーランド人の意識とほとんど変わらないと考えられる。もちろんたまには「大勢の人々」とか、祖先を共有する「氏(うじ)」「族(やから)」「家族」、あるいはまたジェンダーの意味の「性」や「種類」などと訳すべき用例もあるのだが、「民族」よりも少ない。

中世とルネッサンス時代のポーランド人の「民族意識」について調べた二〇世紀の歴史家、スタニスワフ・コットは、講演の中で「〔中世に比して〕遥かに豊富な一六世紀の、さまざまな内容のテクストを見ると、この単語〔naród〕の用法の揺れが判る。文学的テクストにおける使われ方は、私たちの使い方に最も近い」[*]と言っていて、わが意を得たりと思ったことがある。コットはどちらかと言えば政治家の書簡や演説、法律や議会文書などをよく読んだ人ではなかったかと思うが、そういう文脈では、現代語の「民族」とは異なる用例が多いということだった。

* Stanisław Kot, *Świadomość narodowa w Polsce w. XV-XVII*, "Kwartalnik historyczny", 1938 Rocznik LII – zeszyt 1, s. 21.

もちろん——レイの言う「民族」に農民は含まれない。彼が「ポーランド民族」という熟語を使うこともあるが、そこに士族以外の身分が入っているかどうかは、よく調べないとわからない。ただこれはまた別の問題なので、ここでは立ち入らない。

レイはまた「ポーランド人」という言葉を現代のわれわれと同じように使う。

図1（一一頁）を見ると、POLACYという語、つまりポーランド人たちという複数形の単語が、全部大文字で、なおかつ隔字組み印刷で強調されているのがわかると思う。こうい

う分野では私も素人だが、きわめて珍しいことではないかと思うと同時に、実に現代的な手法だと驚かされる。

ミコワイ・レイの文章で用いられる「ポーランド人」というカテゴリーで示される集団的な自意識のあり方は、この古文の古めかしい文法や綴りを直せば、一九世紀か二〇世紀の文章として充分通用するほど、近代的もしくは現代的だということなのである。

国語

本書冒頭で見たように、言語に対するレイの意識は非常に高い。特にポーランド人にとってのポーランド語、つまり「国語」についての問題意識が強い。本を出すたびに序文、献辞、跋文で、自分はポーランド語を育てるために書いていること、そしてもっと才能がある人にはどしどしポーランド語で書いてほしいという趣旨のことを書いていた。

ミコワイ・レイが作家としての活動を本格化するおよそ一〇〇年前の一四四〇年頃、ヤクプ・パルコショーヴィツ（ラテン語名ヤコブス・パルコシウス。一四五二年頃没）が、ポーランド語の正書法について論文を発表している。その一四六〇年代の写本が、もともとは無題だが

『パルコシュの論考』などと略称され、クラクフ大学図書館に伝わっている。

サンドミェシュ近郊のジュラヴィーツァ（Żurawica）に荘園領主として生まれたパルコシヨーヴィツは、一四二一年に大学に入り、教会法を学び、やがて三九年から四一年にかけて四度、クラクフ大学学長を務めている。プラハ大学の学長ヤン・フスが著した『ボヘミア語正書法』（一四一〇年頃）に触発され、同様のことをポーランド語でも実現しようとして、アルファベットや綴り方について書いたものが『パルコシュの論考』だった。

興味深いのは、現存する論考写本に、別の筆者が匿名で本文の内容を紹介し、推奨した、それなりに長く詳細な「序」が付されていることで、それは《祖国の為の闘い。祖国を護る者は名声を得る》と題され、イタリア人、フランス人、イギリス人、チェコ人、ドイツ人その他の民族はラテン文字を自分の言語の書記に採用していて、中でもポーランド人の直接の隣人であるチェコ人、ドイツ人は国家のあらゆる公文書や特許状を自国語で記すことで、すべての者が読めるようにし、かつ誤解の生じないようにしている――そうした保障を知らぬのは、名高いポーランド人ただひとりである、と強調している。論考本文も匿名氏の序文もラテン語で書かれているのだが、おもしろいのはパルコショーヴィツが本文の後に、何とポーランド語で、三四行の八音綴詩を書いていることで、そこにはこうある――

瑕（きず）ひとつない、まっこと正しい
ポーランド語が書きたければ、
君がため、私がここに記した
アルファベットを覚えるがいい。

信じがたいほど時代に先んじていたチェコ人ヤン・フスのメッセージに、深く共鳴した一五世紀のポーランド人をもう一人だけ挙げれば、ヴィエルコポルスカ（大ポーランドの意）地方に生まれ、ボローニャ大学でローマ法と教会法の両方の（非聖職者で初の）博士となり、ポーランド国王の顧問やポズナン県知事を務めた、ヤン・オストロルク（一四三六～一五〇一）だが、彼は法律、契約書や公文書をラテン語ではなくポーランド語で書くべきだと主張しただけでなく、都市にある教会では往々にしてドイツ人とドイツ語が優遇されていたことを批判した――

これら二つの言語（＝ポーランド語とドイツ語）の間には、いわば永遠の不和と生まれながらの憎悪（odium）が存在する。従って、ポーランドにおいては、この言語での説教がなされぬよう、私は求める。ポーランドに住みたいのであれば、ポーランド語で話せるように学ぶがよい……そしてもし一時的な来訪者のためにそうした〔ドイツ語の〕説教が必要になるのであれば、ポーランド人の尊厳を傷つけることのないような、どこか私的な場所で行えばよい。

この引用は、オストロルクの『共和国の体制改革についての覚書』というテクストからだが、おそらく引用者のスタニスワフ・コット自身がラテン語原文からポーランド語に訳したものなので、微妙なニュアンスはわからないが、「永遠の不和と生まれながらの憎悪」という措辞は、ラテン語とポーランド語、ドイツ語とポーランド語、それぞれの関係がいかに違うかを物語って興味深い。公（官）と私、聖と俗、古代と現代、文明と未開、普遍と特殊といった対照軸に基づいて認識されていたと思われるラテン語には、それを話す特定の「民族」が結びつけられているわけではなかった。話し手は聖職者であったり、学者であったり、政治家であったりしたが、地縁や血縁のような、より身体に近い出自ではない、あくまで機能や地位で分類される集団だった。それに対してドイツ語には、それを話すのはドイツ人であるという強い肉体性があった。そういう意味で、オストロルクが「不和」や「憎悪」という語を選んだのは的確だった。神聖ローマ帝国の政治家であれ、ドイツ騎士団であれ、東方植民の入植者、都市建設者（ロカトール）であれ、商工業者であれ、聖職者であれ、それらの機能を裏打ちする、場合によってはそれらの制服をはみ出すほどの、肉体が感じられてこその措辞だった。

だが、とりわけ一三世紀から一五世紀にかけて、ポーランドの都市部で強烈に感じられたはずのドイツ語が発する圧迫感は、一六世紀になるとかなり薄まっていた。あたかもオストロルクの主張が認められでもしたかのように、町で一番大きな教会で行われていたドイツ語によるミサや説教を、より周辺的な小さな教会に移すというようなことも現実に各地で起こった。ドイツから移住して来た人間たちの同化も進んだ。そしてポーランド語の地位が上がっていった。

ところがドイツ語に比較して、ラテン語の優位はそう簡単には弱まらず、ミコワイ・レイの時代にいたっても、教会、法律、外交といった領域で依然としてラテン語による支配はつづいた（もっとも――その後のなりゆきを見れば、ポーランドは、二〇世紀にいたるまで、欧州で一番長くラテン語の権威が失墜しなかった国のようでもあり、その理由もさまざま考えられておもしろいが、ここで脱線するわけにはゆかない）。

公文書は言うまでもなく、手紙や私的な文章まで、いやしくも文章を書くのであれば、それはラテン語でなければならないとして、ポーランド語の地位向上に消極的だった最大の抵抗勢力は、カトリック教会の聖職者集団だった。彼らが防衛したのはラテン語の優位性だけではなかった。それを学び、苦労の末に使えるようになった者だけが有する独占的な特権と、そこから発生する経済的利得も、彼らは死守したかった。その状況を根本的に変えたのは、ラテン語を知らぬ民衆にも、音読されれば耳で聴くだけで意味がわかるように、聖書を各地の世俗語に翻訳し、民族語で教えを説き、議論をし、本来的なキリスト教信仰を回復しようとするプロテスタントたちだった。ポーランドの場合、先に挙げたような孤独な先駆者たちの声は結局かき消されて終わり、ポーランド語という国語の独立には、一六世紀に大きいうねりとなった、プロテスタントの運動を待つほかなかった。

ミコワイ・レイはその運動の先端にあって、大量のテクストをポーランド語だけで書いた初めての、現代われわれが言う意味での「作家」だった。

レイが『領主と村長と司祭、三者の間の短い会話』を単行本として出版した一五四三年は、その意味で記念すべき年だったが、その前年、一五四二年にはもう一冊、クラクフの版元ヒエロニム・ヴィエトル（Hieronim Wietor――一四八〇頃～一五四六または七）が興味深い本を出し、ヴィエトル自身が興味深い序文を書いているので、この章の最後にその一部を引用したい――

生まれついてのポーランド人ではなく、〔この地に〕住み着いた人間でしかない私には、不思議でならないことがある。それは、他のあらゆる民族が自分の母語を愛し、普及し、美化し、磨こうとしているのに対して、なぜポーランド民族だけが自分の言語を蔑ろにして平気なのかということだ。私の耳には、ポーランド語は、豊かさにおいても雄弁さにおいても、まこと、他のどんな言語にも引けを取らぬよう聞こえるにも拘わらず、である。このことについては時に人とも話をするのだが、そこから察するに、原因はただ一つ、みずからとは異なる外国の風習、制度、人々そして言語を、自らのものより好むというポーランド的性格を措いて他にない——加えて、ポーランド語の言葉を表記する際の困難ということもあろう。実際、吾々が日常的に使用する活字あるいはラテン文字では表記不能な言葉が余りに多い。とは言え、もしも何とかしようという意欲あるいは願望さえあれば、それも解決可能だろう。何故なら、キケロが言うように、学ぶ者の意欲に応じて、教師は見つかるものだからである。

ロッテルダムのエラスムスから著書『リングア』（一五二五年刊）を献呈された、ポーランドの時の首相でクラクフ県知事でもあったクシシュトフ・シドウォヴィエツキ（一四六七〜一五三二）は、これを翌年クラクフで刷らせた（版元ヴィエトル）。もちろんラテン語のままである。それが一七年かかって（ヴィエトルの言葉によれば）「かなり上手にまた体裁よくポーランド語に翻訳された」ので、「学者だけではなく、普通の庶民にも、男性にも、そしてまた普段から手よりも舌〔＝リングア〕をよく働かせている女性たちにもたいへん役立つ」書物として出版するのだということが、右の引用に続けて書かれている。

ヴィエトルは上シレジア地方のルボミェシュ（Lubomierz／ドイツ語 Liebenthal）のドイツ人家庭に生まれ、十七歳または十八歳でクラクフ大学に入り、二年後にリベラルアーツの学士になっている。その後ヴィエトルはウィーンとクラクフの両方で印刷・出版事業に携わっていたが、一五一七年にクラクフでの定住を決めて、王室御用達を心がけ、すでにあくる一八年の王勅や一九年の国会憲法などの印刷を引き受けたとみられている。公式の称号「王室御用達印刷人」は一五二七年頃に下賜された。

ヴィエトルがクラクフに定住して最初に出版したのは、エラスムスの『平和の訴え』だった。それは一五一八年の三月だったが、それ以降、ここで触れているポーランド語訳『リングア』まで、エラスムスの著作は延べ二四の版を刷ったが、そもそもヴィエトル以前にエラスムスのテクストを出版する者はいなかったのである。『リングア』の原作などは一五二五年八月にバーゼルで出て、翌年一月にはクラクフ版が出ているのだからいかにも速い。

ポーランド語、ラテン語、ドイツ語、ハンガリー語……果ては全文ギリシア語の書物まで、さまざまな言語でさまざまな内容の出版を手がけたヴィエトルは、平均して年に一九～二〇点、合計して五五〇点以上（六一三点と数える向きもある）の書物を刊行した。出版物の傾向にもそれほど偏りがあるとは言えず、人文主義の作家のものを多く出してはいても、明白に新教のプロパガンダとみなされるものの出版は、ぎりぎりのところで避けていたようである。それでも一度、カトリックの信仰と教会を貶める書籍や図画を輸入した廉で、一五三六年に逮捕され、市庁舎内の獄に繋がれたことがあったらしい。ルターが書いた書物か、またはルター訳聖書を輸入した嫌疑ではないかという説があるが、司教裁判にいたったのかどうかということも含めて、明らかになっておらず、結果としてはヴィエトルに何の被害もなかったという。

エラスムス著『リングア』のポーランド語訳の序文にヴィエトルが書いたことは、レイが日頃から主張していたことと一致する。そもそも一五三〇年代、レイの初期作品をヴィエトルは出版しているので両者は知り合いだったに違いないし、国語としてのポーランド語の重要性について二人の考えが一致して何ら不思議はない。

『新約聖書』のポーランド語訳を最初に出版したのは、死後にカトリック教会指定の禁書目録に掲載されたルター派神学者で牧師でもあった、ケーニヒスベルク（ポーランド語でクルレーヴィエツ）の版元ヤン・セクルツィヤン（一五一〇年代～七八）であり、そのギリシア語原文からの翻訳を担当したのはヴィッテンベルク大学に学んだ、当然ながらルター派信徒のスタニスワフ・ムジノフスキ（一五二八〜五三）だった。一五五三年のことである。

ポーランド語の最初の文法教科書を書いたのも、カルヴァン派（かつ反三位一体論者）のピョートル・ストインスキ（ストイェンスキとも。ラテン語名スタトリウス。一五三〇頃〜九一）だった。彼がラテン語で書いた『ポーランド語文典』は、一五六八年、クラクフのマティス（またはマチェイ）・ヴィジュビェンタを版元として出版された。図2はその表紙である。

POLONICÆ GRAMMATICES INSTITVTIO.
In eorum gratiam, qui eius linguæ elegantiam cito & facile addiscere cupiunt.
CRACOVIÆ.
Apud Mathiam Wirzbietam, Typographum Regium.
1568.

図2

第二章　ミコワイ・レイという人　Mikołaj Rej

教育と学問

ミコワイ・レイは一五〇五年二月四日に生まれた。生地は現在ウクライナ共和国領内、東部をドニエストル河が流れる（右岸）にあるジュラヴノ（Żórawno, Żurawno）という土地で、今も人口四〇〇〇に満たない小さな町だが、レイが生まれた頃もそれほど変わりはなかったのではないだろうか。ジュラヴノという地名はポーランド語でもウクライナ語でも発音はあまり違わないようだ。西ウクライナの首都と言ってもよい主要都市リヴィウ（ポーランド語でルヴフ）から八〇キロほど南下した地点である。ちなみにジュラヴノはルヴフ大司教区内にあり、一四六八年からはみずからの教区を持ち、一五六三年には、ポーランド王ズィグムント二世アウグストから、ドイツ都市法に則った「町」の特権を与えられている。

父親のスタニスワフ・レイは、当時も今もポーランド共和国領内のナグウォヴィーツェ（後述）から、結婚を契機にジュラヴノに移り住んで来ていた。結婚相手の女性、バルバラ・ヘルブルトはジュラヴノの荘園領主の未亡人だった。

ミコワイの両親ともに、裕福な士族の家の出だった。あるいはバルバラの家の方が財力では上だったかもしれない。ミコワイは子供時代をジュラヴノの領主館で過ごしたが、おそらく家庭教師もおらず、勉強らしい勉強はしていなかった。ようやく九歳、十歳の二年間はスカルブミェシュ（Skalbmierz）という、首都クラクフの北東五〇キロに位置する町で、学校に通った。スカルブミェシュは、ドイツからウクライナ地方にいたる東西の一大街道沿いにあって、日本風に言えば貴顕に本陣を提供した、当時はかなり繁栄した宿場町だった。つづいて十一歳〜十三歳の期間はふたたび東方のウクライナ（＝ルーシ）地方に戻り、ルヴフの学校に行っている。

一五一八年、ミコワイ十三歳の年には、いよいよ都クラクフに上って大学で学ぶことになるのだが、このあたりは興味深いので、彼をもっともよく知る、若い友人アンジェイ・チェチェスキ（Andrzej Trzecieski ―― 一五三〇以前〜八四）が、同時代に書いているものをここに引用する。そもそも若い頃のレイの伝記的事実を証言する資料は他にほとんどなく、貴重なテクストである――

スカルブミェシュに二年いても何一つ学ばなかった息子ミコワイを、父親は家に連れ帰り、今度はルヴフに遣（や）った。しかし、ここでもミコワイは友人たちと遊んでばかりで何一つ学ばなかった。ルヴフにも二年いたので、それなりに大人にはなった。そこでクラクフに送られたミコワイは、エルサレム学寮に一年間いた。それでもほとんど、あるいは全く効果はなかった。なぜなら、ミコワイは良き仲間とはどういうものか、知ってしまったからである。

息子はもう学問を修めたものと父親は思ったが、そうではなく、ミコワイはあいかわらず何も身につけてはいなかった。というわけで父は息子を家に、件（くだん）のジュラヴノに連れ帰った。ミコワイはこの地で十八歳になるまで、火縄銃と釣竿を手にドニエストル河畔を走り回り、のらくらしながら、修業に励んだ。プウォチ〔魚〕やら、榛（はしばみ）の実やら鬼菱（おにびし）の実でふところを一杯にして来たり、腰帯に鴨だの鳩だのあるいは栗鼠（りす）だのを挟ん

ハシバミ（H-212）

狩り（H-201）

で帰ったり、またある時は帯を解くと襯衣（シャツ）の下から麻の雄花がばらばらと落ちてきたりした。とにかく何でもありという始末である。そういうミコワイを人々は愛した、そして言った——「まあいい、吾らがミコワイや、まあいいさ。お前さんには、将来のために梨を灰に埋めるつもりもないのだから」。人々が言うのは本当のことで、何でもやったが、結局は何にもならなかったのである。やがてミコワイはトポーラにいる叔父のところへ預けられた。叔父は彼をどこかに出仕させる目的で、よそゆきの上衣を仕立てるために中国産の絹の反物を買ってやった。ところがミコワイ、今度はヴロナ〔頭巾鴉〕狩りを始め、服を縫ってもらう前に、その布を細かく裂いてつなげ、一方の端は槍のような棒の先端に括り付け、もう一方の端をヴロナの頸や尻尾、翼の下に結わえ付けると、生きたままのヴロナを宙に放った。そうしてミコワイの操縦するヴロナたちは、脱穀場などにやって来て悪さをする別のヴロナやカフカ〔西黒丸鴉〕を追い払う仕事をさせられた。上衣を台無しにしたという理由で、ミコワイは荘司の家に一年間

住み込みで働かねばならなくなった。上衣の方は、父親が出て来て新調してやったが、倅はあいかわらず網を持ってヴロナ狩りの修業をしていた。やがてついに二十歳になった息子を、父親は当時サンドミェシュ県知事をしていたアンジェイ・テンチンスキ殿の許に出仕させることになる。殿は背丈こそ低いが、偉大な頭を持つ、尊敬すべき聡明な人だった。

これは、レイの生前最後の仕事として、死の前年に出版された『鏡を見る如く、全ての身分の人間が容易に自らの行迹を眺めることのできる、鏡あるいは形』（略称『鏡』。本書第六章参照）の跋のような形で、七頁にわたって収められた散文と詩二篇《この名を持つ最初のポーランド王たる名高きズィグムント大王、次いでその子であり且つまた偉大で名高きポーランド王ズィグムント・アウグストの御代に生きたポーランドの誉れ高き士族、ナグウォヴィーツェのミコワイ・レイの生涯と事蹟。氏の事蹟を知悉していた良き友アンジェイ・チェチェスキこれを記す》（略称《レイの生涯と事蹟》）の一部である。みごとな、達意の文章で、これも本当はレイ自身が書き、チェチェスキの名を借りて韜晦したのではないかとする研究者もいるが、私にはそう思えない。

一五一八年五月四日付けで、ミコワイ・レイはクラクフのアカデミアつまり大学に入学し、エルサレム学寮という学生寮に住み込んだ。クラクフには学生や職員が住むさまざまな寮があったが、全五〇室に一〇〇名収容可能なエルサレム学寮は、貴賤を問わずすべての向学心ある者に開かれた寮で、六〇グロシュ（貨幣単位）払うことで一〇年間の居住権が与えられたという。現在のクラクフ大学本部は、この寮とその隣にあった「哲学者寮」の跡地の上に立っている。

十三歳で大学というのは早いようだが、当時のアカデミアでは中等教育的な内容も学ぶことはできたらしい。しかしレイは一〇年どころか一年で逃げ出し、教育や学問についてはなにも語らず、《クラクフのコレギウム》（後掲）という詩でも、「何の苦もなく人を肥らせる場所」などと、大学ではなくむしろ寮について書いている気配がする。チェチェスキの「ミコワイは良き仲間とはどういうものか、知ってしまった」という表現も、「勉強はそっちのけで悪友たちと連れ立って遊んでいた」と読める。

「のらくらしながら」と訳した部分は、実は「山家五位（さんかのごい）を撃ちながら」とも訳せないことはないので迷った。サンカノゴイというのは日本でも見られるというかなり大きな野鳥で、好んで葦原にひそむことを見ても、ドニエストルの河辺でこれを「撃つ」というのはいたってリアルな記述である。ところが一方でここの原文《bąki strzelając》は、後世になって読む者には「のらくらしながら」という慣用表現に見える。ただその場合はまったく同じ形の単語「bąki」が、野鳥ではなく、牛や馬にたかる昆虫の虻を指していて、「虻を打つ、叩く、殺す」の意味で了解しているのである。ということで、この箇所は、鳥と虫との両方を示唆する言葉遊びではなかったかと私は思っている。そう強く思わせる一つの大きな理由は、レイが若い頃から動物に親しみ、好んで狩猟もしたという事実であり、それはチェチェスキの《レイの生涯と事蹟》でも活写されている。

「梨を灰に埋める」というのは、一般に「灰の中の梨を忘れるな」というような形で使われる慣用句で、パンを焼く竈（かまど）のまだ熱い灰の中に梨を入れて乾燥させたり焼いたりした農家の習俗から来ている。ここでの使い方はよく呑み込めないが、「将来のための自己投資として若いうちに勉強するということを怠った」と解した。

トポーラ（Topola）はスカルブミエシュの町から東へ四キロほど行ったところにある村で、ミコワイ・レイの祖父の屋敷や荘園があった。そしてトポーラの北方六〇キロほどのナグウォヴィーツェ（Nagłowice）、そのすぐ北に位置するオクシャ（Oksza 現在オクサ Oksa）などとともに、これらいくつかの町村がレイ一族の所領だった。どの土地も、当時もポーランド共和国領内、今もポーランド共和国領内で、クラクフの北側の地方に点在している（地図2参照）。

トポーラの北三〇キロほどのところには、宗教改革の一大拠点としてきわめて大きな役割を果たした、ニダ河に臨む、ピンチュフ（Pińczów）という町もある。ピンチュフからさらにほぼ真東に一〇〇キロ行けば、サンドミェシュの町がある。今でこそ人口二五〇〇〇に満たない、ほぼ観光資源に頼って生きる町だが、中世からレイの時代にはポーランドでももっとも重要な町の一つだった。クラクフからワルシャワ、トルンを通ってグダンスクでバルト海に注ぐヴィスワ河が流れる町（左岸）でもあり、東西南北の交通交易上も要衝だった。サンドミェシュはクラクフから二〇〇キロほど離れているが、常に密接な関係にあり、歴史的にはクラクフと同じ「マウォポルスカ〔＝小ポーランド〕」地方の町として、そしてクラクフに次いで重要な町に数えられていた。

アンジェイ・テンチンスキ（Andrzej Tęczyński――一四八〇頃～一五三六）はマウォポルスカ地方随一の大貴族で、若い頃にはポーランド国王の秘書官を務め、年代順にルブリン、サンドミェシュ、クラクフの県知事に任ぜられ、神聖ローマ帝国伯爵の称号も有していた。背が低いというのは有名だったが、同時に勝れた知性、高い教養、雄弁も評価されていたようで、ミコワイ・レイもいい主人にめぐりあったのは確かだろう。「偉大な頭」とあるのは、実際に頭部の寸法が大きかったこともあろうし、頭脳を称讃する意味と兼ねていると考えられる。テンチンスキがサンドミェシュの県知事を務めたのは一五二〇年から二七年までだが、続いて、さらに出世してクラクフの県知事になっている。

《レイの生涯と事蹟》の先をさらにもう少し訳す――

出仕したミコワイに、主人のテンチンスキは、ポーランド語の書簡の書き方を教えはじめた。というのも、ラテン語はごく僅か、というより全くできなかったからである。やがて彼は、さまざまな書簡や文章家たちの会話を見聞きし、また読書により、そして何より天性によって、少しづつ教養を深め、ラテン語の書物も読むようになり、理解できぬことは質問した。それが習慣となってからは、読んだものも少しづつ理解できるようになり、遂には神と天性の力のおかげで、常にものごとの黒白（こくびゃく）は弁別できる、いわば会得（えとく）の域に達した。唯一、彼にとって大きな妨げとなったのは、彼が生まれつき社交好きで音楽好きだったことである。音楽に関しては、歌えない、演奏できないということが滅多になかった。立派な文章や色々な詩も、何ら思案することなく書けるようになった。しかし若い頃から動き回ることが好きで仕方のない氏は、一所に長い間じっとしていることができず、加えて狩猟の趣味もまた大いに邪魔をした。

時は一五二五年、手紙をポーランド語で書くなどというのは相手に対して失礼で、恥ずべきことであるとされた時代である。ラテン語の読み書きができないという、当時の男性士族として、ましてや県知事の秘書官としては致命的な欠点を、テンチンスキの教育あるいは薫陶によって、レイが克服していったという、重要な証言がここにはある。二十歳になっての仕官生活が人生の転換期となったのはまちがいない。また、外国の知識人も多く出入りしたテンチンスキのサロンでは、単に作文が上達し、ラテン語の読解力が身に着いただけではなく、人文主義や宗教改革も含んだ、ヨーロッパの新しい思潮にも接したに違いないというのは、多くの評者が指摘していることである。

しかし、学校が嫌いで、制度化された教育には断片的にしか接していなかったレイ自身は、最後まで教科や学問に対して反撥を抱きつづけた。子供の教育に関連して、『鏡』の著者はこう助言する（《真面目な人間の一生》第一書第五章）――

いったい如何なる学問が自由人の生活には必要か？

かくも尊い習慣あるいはかくも快適な人生のためには、いったい如何なる学問を求め、学ばねばならないのだろうか？　まずもって文法学ではない。幼い頭を少なからず悩ませ、せいぜい、ぴいぴい囀る術か、詭弁を弄する術を教えるだけの学問であり、そのうちいずれ本人が、世に名を轟かす能弁家らや、およそ際限というもののないラテン語の美しい言葉の数々にそそのかされて、心ゆくまで勉強すれば、おのずと身につけられるものだ。イタリア語にもドイツ語にも、はたまたトルコ語や韃靼語にも、文法学というものはないが、それでいてポーランド人は、まるでそこに生まれた人間であるかのように、造作もなく、これらの言葉を正しく習得できる。論理学にしたところで、吾々ポーランド人の教育にそれほど役立つかどうか、疑わしい。これもまた、真を偽に、偽を真に仕立て上げるための詭弁しか教えぬものであり、神の思し召しで生来の才に恵まれた者は、あらためてそれほど勉強する必要もない。今の世には、無学無才を自認しながら、いざとなれば、コレギウムでも一番学のある先生顔負けの詭弁を弄することのできる人間もいる。

自由人の教科と呼ばれる文法学、論理学、修辞学、音楽、算術、幾何学、天文学だが、これらは畏れ多い、難しい学問である。他にも、絵画、彫刻、金細工、剣術など、いわば世間の考え出した教科がたくさんある。誰でも、目的に応じて、好きなものを勉強すればいい。好きこそものの上手なれである。

コレギウムというのは、レイが一年間在籍したクラクフ大学を指している。彼は他の学校を知らない。日本でも名を知られた、クラクフ大学の先輩（一四九一年入学）で天文学者のコペルニクス（ポーランド語でミコワイ・コペルニク）は、その後イタリアのボローニャ大学、パドヴァ大学に移って勉強したし、同時代の学者や聖職者の多くが外国でも学んだ。クラクフ大学の後輩（一五四四年以前に入学）で詩人のコハノフスキも、パドヴァ大学に遊学した（その他各国各地の大学に赴いた可能性もある）。それが普通であり、レイ自身も自分の本の中では外国へ行って学ぶこと、さもなければ生活して経験を積むことを勧めている。

こうとだけ書くと国外留学ばかりが印象に残るので、逆方向の動きについても一言書いておくと、一五世紀の数字だが、クラクフ大学に来て学ぶ外国人留学生数は、全学生数の四五％に及んでいた。ヨーロッパのエラスムス計画がすっかり定着した現在のポーランドでも、とても到達できるとは思えない数字である。ちなみに二〇一九〜二〇年度のポーラ

図3

ンド全国の大学における外国人留学生の割合は六・八％、クラクフ大学では七・七％だが、昨今の政治状況を見ると、中世、ルネッサンスの水準に戻る日が来るとは到底思えないし、障壁は政治だけではなく講義で使う言語にもあって、少なくとも大学に限って言えば、英語がかつてのラテン語のようになるとは考えにくい。図3は、『鏡』の中の《真面目な人間の一生》第一書第四章冒頭に置かれた版画で、学校の教室を描いたものと思われる。

経営と訴訟

一五二九年、父のスタニスワフが死に、唯一の相続人として、ミコワイは多くの遺産を継承した。村と言うより荘園と言った方がいいのかもしれないが、トポーラ村、スウォノヴィーツェ村（Słonowice――現シフィエントクシスキェ県）、ヴィスワ河の支流で、クラッカーの紙テープのように激しく紆余曲折するニダ河（Nida――現シフィエントクシスキェ県）沿いのヴォラ村（Wola）とスターラ・ヴィエシ村（Stara Wieś）とノーヴァ・ヴィエシ村（Nowa Wieś）、ボビン村（Bobin――現マウォポルスカ県）、生まれ故郷のジュラヴノ村とそこから遠くないコウォジェユフ村（Kołodziejów）などのそれぞれ全部または一部の所有者となった。

そして二年後、一五三一年に結婚した相手は、サンドミェシュ県にある古い荘園ヴィヴワ（Wywla）の領主コシチェン家のゾフィアであり、サンドミェシュ地方から現在のウクライナ西部に及ぶ広大な地域――通称ヘウム地方――に散在するいくつもの村が、ゾフィアの持参財としてレイ家にもたらされる。その中にはコビレ（Kobyle）という、当時は恐らく林だけの土地もあった。レイはここを開発し、自分の名を冠した町レヨーヴィエツ（Rejoweic）を新たに建設する勅許を、国王ズィグムント一世から下される。一五四七年のことだ。ここで二度の定期市を開催する権利も、一〇年間の国税免除措置も認められ、ユダヤ人入植者には建物用地を売り、大きな収益を得た。レイの肝煎りでカルヴァン派のセンターもでき、やがてシナゴーグ、東方帰一教会の聖堂、カトリック教会も建ち、レイ一族が絶えた後は、次々と有力な貴族が町を所有したこともあってか、小さいながらも現在にいたるまで、しぶとく命脈をつないでいる。ちなみに一九世紀時代の人口を見ると、ユダヤ人人口が七〇%を超えているが、これはこの地方の小さな町であれば、珍しいことではない。第二次世界大戦中はドイツ軍がここレヨーヴィエツの町にゲットーを造り、この地域だけでなくチェコ、ハンガリー、ドイツから連れてきたユダヤ人も収容したという。なお、レヨーヴィエツは現在ルベルスキェ県（県庁所在地はルブリン市）。

晩年には少なくとも町を二つ、一七の村の全部、六つの村の一部づつを所有していたミコワイ・レイは、不動産業にかけては猛烈な遣り手実業家だった。遺産や新規購入財産をたえず増殖するその手法は、今となっては理解しがたいものなのだが、本権に基づかない占有とでも言うのか、実力行使による土地の実効支配とでも言うのか、そういう乱暴なものもあったようではあるが、圧倒的に多かったと見えるのは、訴訟によって土地を殖やしたり、新たに手に入れたりするケースである。ポーランド各地の公文書館、古文書館には、一五五二年から没する一五六九までの期間、レイが関わった裁判記録が全部で約五〇〇件あるという。単純計算で一年に三〇件の訴訟に、しかも決して他人に任せたり代理人を立てたりせず、ハリチュ（Halicz ——現ウクライナのハールィチ）、ルヴフ、マウォポルスカのクションシュ（Książ）、クラクフ、ヘウム（Chełm）、ウジェンドゥフ（Urzędów）、クラスネスタフ（Krasnystaw）——と、広大な面積に散在する、あちこちの町（当時）の法廷にみずから出廷して陳述したというから驚きである。ハリチュなどへは、クラクフからの道程が四三五キロはある。東京から京都へ行くのとさほど変わらない。

　土地の入手法として興味深いケースに、結婚はしていたが子供のなかった士族パヴェウ・ビストラムから、レイが自分をその所領の相続人に指定させた遺言を獲得し——どのような巧言を使ったのか、あるいは高邁な理想に訴えたのかわからないが——それを根拠に、実際にルベルスキェ県にあった（今もある）二つの隣接する村、ポプコヴィーツェ（Popkowice）

とスコルチーツェ（Skorczyce）の所有者となっていたという実話がある。ところがビストラム夫妻には子供こそなかったが、相続権者となりうる近い血族がいたらしく、中でも未亡人の実家であるメシュコフスキ家の一族が義憤に駆られ、ビストラム亡き後の一五五六年、ポプコヴィーツェの領主館を襲い、そこにあったすべての家財、動産を持ち去るという事件が起きた。銀食器三七点、家畜一五〇頭、バター一二〇〇樽、スウォニーナ（豚の脂身の塩漬け）六〇枚、チーズ三六〇〇……と、レイは自分が九年の間に屋敷に運び込んだ物、あるいは農民から貢納された物を裁判で列挙し、略奪の被害者として被害の回復を訴えたという。

右の事件については、ルベルスキェ県の裁判記録を縦覧し、レイが関わった係争を原史料で調べた現代の歴史家スタニスワヴァ・パウローヴァのテクスト「裁判文書に見るミコワイ・レイ*」で知ったのだが、これを読むと、隣人たちとの紛争も含め、レイがいかに訴訟沙汰に明け暮れていたかが生々しくわかり、そして「無学無才を自認しながら、いざとなれば、コレギウムでも一番学のある先生顔負けの詭弁を弄することのできる人間」とはまさに自身のことではないかと納得させられる。しかも法廷闘争を好んだばかりか、時には隣人の領地を襲ったり、他人の林を無断で伐採したり、土地の境界を示す盛土を取り崩したり、訴訟相手の士族の下で働く農民が養っていた蜂の巣箱四つを取り上げたりしたという。パウローヴァは「レイに深い正義感はなく、行動も衝動的である。激昂しやすく、執念深く、欲深いというのが恐らく彼の欠点で、それらは生涯矯正されることがなかった」と指摘している。そして文学史家はレイの作品の良さを強調するあまり、彼の人間性のマイナスの側面を無視する嫌いがあると批判している。

＊ Stanisława Paulowa, "Mikołaj Rej w świetle akt sądowych", *Kalendarz Lubelski*, Lublin 1975. https://biblioteka.teatrnn.pl/Content/9305/Mikolaj_Rej.pdf

しかし考えてみると、訴訟好きで血気盛んな性質、商業や金融業によらぬ土地や荘園のやり取り、土地に付随する農奴は領主の所有物で、農奴の持ち物はすなわち殿の物だという通念、裁判所などの公的機関ができなければ自分で裁判結果を代執行する、ひいては私刑さえも是とするような論理は、レイに限らず、シュラフタと呼ばれるポーランド士族のセルフイメージと言ってよいほど典型的な特性として、文献や文学作品にもよく描かれるものである。それらの特性は、後世、サルマティズムと呼ばれ、どちらかと言えば批判的に描かれることの多い症候群に含まれるだろう。

マルティン・ルターがラテン語で書いた「九五箇条の論題」を掲示したのは一五一七年十月三十一日というのが通説だが、一五二〇年までにはルターの考えを知ることのできる書物が――それがラテン語であれドイツ語であれ――すでにポーランドにも到来していた。なぜそれがわかるかというと、この年、一五二〇年七月二十四日付で、ポーランド国王ズィグムント一世が《教皇庁に逆らい、公序を乱し、宗教と教会の全体の足下を掘ろうとする多くの事柄が書かれた、マルティン・ルターなる者の書物を運び来たること、商うこと、用いること》をすべて禁じるという勅令を出しているからである。

ポーランド地域全体を見れば、やはりドイツ語を話す住民の多い北部のプロイセン、そしてシレジアでルター派に転向する者の数も多く、その波及も早かった。ヴィッテンベルクへ出かけ、じかにルターと話までしたドイツ騎士団総長アルブレヒトの最終的な転向、騎士団の世俗化、プロイセン公国の成立とルター派キリスト教の国教化という一連の急激な変化は、主としてポーランド語話者が住む、他の隣接地域にも大きな影響を与えずにはおかなかった。

クラクフでは、一五二四年に司教のピョートル・トミツキが提唱し、ルターの教えに反駁する一連の講義が、市の中心にあるマリアツキ教会で行われ、二五年頃にはクラクフ大学も宗教改革に対して否定的な姿勢を明確にした。その結果、全般的に青年たちの大学からの離反や外国人留学生の減少を招いたともいう。クラクフにおける宗教改革の先駆者とみなされる、クラクフ大学のマギステル（修士）で説教師、「イウジャ（Iłża）のヤクプ」が大学の内外でルターの主張を説き、広め始めるのもこの頃である。深い学殖と説教師としてのすぐれた能力を有したヤクプは、その影響力が大きいだけに危険視され、二八年、司教法廷でトミツキから譴責処分を受ける。念のために挙げれば、この時点でイウジャのヤクプが批判していたのは、聖母マリア信仰、聖人によるとりなし、煉獄に関する教え、贖宥制度、贖宥状（俗に言う免罪符）の販売、断食、教皇をはじめとする聖職者の物欲などである。一五三四年、ヤクプはクラクフからヴロツワフへ逃れるが、翌年、異端者と認定されて聖職者の資格を剥奪される。

ミコワイ・レイがクラクフ大学の寮で一年（一学年？）を過ごした一五一八〜九年当時はさすがにまだその気配はなかったとしても、テンチンスキの秘書官を務めた頃にはすでに世は教権批判運動で上を下への大騒ぎだった。しかも一五二五年四月一〇日には、ルター派国家の元首、初代プロイセン公アルブレヒトがクラクフの広場に衆人環視の中、みずから姿を現しているのである。この年、ルター派的異端の嫌疑をかけられ、クラクフ司教法廷で裁かれた人々（職人、教師、聖職者など）に関する記録が、残っているものだけでも一〇件に上る。そういう時代背景を考えれば、プロテスタンティズムがポーランド南部に広まった最初期にはすでに、ミコワイ・レイもその潮流に接していたと考えるのが自然だろう。

レイが仕えた最初にして最後の主君テンチンスキの居城は、クラクフより西に三〇キロ足らず行ったルドノ（Rudno）というところにあり、今もその壮大な廃墟が山の上に残っている。図4は、一八六二年刊の『クラクフとその近郊の風景画帳』に収められた城の画。

結婚前のレイは、総じてクラクフ周辺からサンドミェシュにかけての地域に居ることが多かったのではないかと思う。それが一五三一年の結婚後は、妻の持参財の所領が多くある「ヘウム地方」という、現在の地図で言えばポーランド東部とウクライナ最西端にまたがり、国境を

図4

画すブク河の両岸に広がる地域へと、つまりかなり東方にレイの生活の重心が移ったように見える。レイ夫妻は妻の土地シェンニーツァ・ナドルナ（Siennica Nadolna）に住んだと言われるが、ここからウクライナまでわずか五〇キロしかない。

チェチェスキの評伝によれば、テンチンスキの秘書官職を辞してからは「ふたたびルーシの友人たちとのつきあいに戻った」とある。ルーシとはおおまかにウクライナを指す。中でもミコワイ・シェニャフスキ（一四八九〜一五六九）という有力者の知遇を得て、親交を結んだが、シェニャフスキは、ルーシ地方の有力政治家であると同時に、家柄から見ても、華麗な戦歴から言っても生粋の武人だった。最終的にはポーランド王国の大ヘトマン（日本の征夷大将軍のようなもの）という、軍人としては最高位にまで昇りつめた人物であり、およそ戦争の経験もないミコワイ・レイとどのような話をしていたのかはわからないが、ここではプロテスタントだったということが重要である。

一五四三年、作者名は示されていないものの、レイが書いたと考えられる『カテキスム、則ちすべての敬虔なキリスト教徒にとって大いに役立つ教え』という本もクラクフで出版されるが、これはドイツのルター派神学者ウルバヌス・レギウス（一四八九〜一五四一）がラテン語で著した『子供のための小さなカテキスム』（一五三五年）の、ルター派ならではの鋭い角を矯め、ポーランド人向けに刺戟をやわらげた、翻案物だった。

ミコワイ・レイの著作がカトリック教会によって「禁書」に指定されるのは、彼の死後のことである。クラクフ司教のベルナルト・マチェヨフスキが、教皇クレメンス八世の禁書目録（一五九六年）にさらにポーランドの刊行物を追補した、ポーランド初の禁書目録をクラクフで刊行したのが一六〇三年だった。追加されたのは六三名の著者だが、ミコワイ・レイはその数に入ったのだった。

禁書目録には、ポーランド生まれのポーランド人だけでなく、イタリア出身の神学者で反三位一体論を唱えたファウスト・ソツィン（＝ソッツィーニ）、フランス出身の言語学者ピョートル・ストインスキ（スタトリウス。既出）なども掲載されている。ちなみに、同定が可能な六〇人の著者のうち、ラテン語のみで執筆していたのは一一人、レイのようにポーランド語のみは二五人、両方の言語で書いた者が二四人というのは、時代を知る上で興味深い集計結果である。

下院議員として

一五三〇年代後半から四〇年代半ばにかけて、ミコワイ・レイは初めルター派信徒として、やがてカルヴァン派信徒としてふるまい始めるのと同時に、政治家としても活動し始める。それらは一つの姿勢の二つの表れのように見える。まだテンチンスキの秘書官を務めている時代に、すでに彼はポーランド語でセイム（sejm）と呼ばれる二院制国会に接する機会を得、一五三六年以降はほぼ継続的に国会に姿を見せている。一五四〇年、四一年、四二年には、国会が委任し派遣したシュラフタ使節団の一員としてズィグムント一世王との交渉に臨み、五六年、五八年、六二年、六四年、六九年に開会された国会では、一度も休むことなく、ハリチュあるいはルーシの地方議会（セイミク／sejmik）から、国政に向けて選出された代議士として、下院の審議に参加している。

五六年と五八年、レイは下院を代表して国王ズィグムント二世アウグストに奏上しているが、その中で彼が、すなわちシュラフタらが求めたのは、信教に関する寛容であり、聖職禄取得納金や聖ペテロ献金を教皇に上納することをやめ、代わりに国防費に充てるという改革であった。この時のレイの上奏演説はことのほか評判が良かったという。これはほんの一例に過ぎないが、当時の下院を構成する士族たちの政治的要求とプロテスタントたちの主張を比べると、かなりの部分で、特にローマ・カトリック教会の政治的・経済的支配に対する批判という点では一致している。その意味で、プロテスタントの作家として執筆活動すると同時に、レイが国会下院議員として政治活動も行うことの間には、自然な連関があったと言うべきだろう。

レイはまた、執筆以外にも、牧師のような活動こそしなかったと思われるが、新教徒のコミューンのようなものの建設もした。レヨーヴィエツについては先に触れたものの、今となっては何一つようすがはないように見える。

一方、レイが一五五四年に造った二つ目の町、オクシャ〔既出〕には彼が建設を始めて息子が完成したカルヴァン派教会の建物がまだ残っている。建物は一六七八年にカトリックのシトー修道会の手に渡り、現在では「聖ニコラウス〔＝ミコワイ〕教区」の教会である。カルヴァン派時代の説教壇が残り、一七世紀のカルヴァン派信徒の大理石の墓碑も、二〇世紀初めに建物の外部に移されはしたが残され、教会堂入口上部にはレイ家の家紋を刻んだカルトゥーシュが壊されずにあるという。

この教会に自分の骨を埋めるようにというのがミコワイ・レイの遺志だったと、チェチェスキの《レイの生涯と事蹟》には書かれているが、実際に彼がここに葬られているかどうかは誰も調べていない。彼は一五六九年の九月九日から十月四日の間に他界したとされる。

オクシャの町を建設した際、レイは入植者に家屋建設のための土地や耕作用地、森林の伐採と開拓の権利を与え、一六年間年貢を免除するなどの優遇措置を取った。一七世紀の末まで、オクシャではカルヴァン派の教会会議が何度も行われたという。しかしその後、町は発展することもなく、一八六七年には町から村に格下げされた。

作家として

一五四三年、『領主と村長と司祭、三者の間の短い会話』が出版される。これより前にもレイはすでに色々と文章を書き、音楽を伴う宗教歌を作り、旧約聖書の「詩篇」を翻訳したりしているが、原本が残っていない場合も多く、情報が断片的で、同時代や後世に対する影響も少ないので、ここではすべて割愛する。コペルニクスが他界し、彼がラテン語で著した『天球の回転について』が刊行された、同じ一五四三年に、レイが前書きから後書きまでのすべてをポーランド語で書いたこの本が刊行され、いずれの書物も初版が今に伝わることは象徴的に思われる。同時に、レイが本名を名乗らず、アンブロジ・コルチュボク・ロジェクの筆名を使わざるを得なかったことも象徴的だろう。

「短い会話」とあるが、八音節の押韻した詩行が二一三三も続く、長い鼎談（ていだん）である。韻文ではあるが、ポーランド文学史上初めて、口語を文章に導入したとも言われる。日本風に、言文一致を初めて実践したと言ってもいい。全体に諷刺的な内容だが、その四分の三は王権、国会、裁判制度、法制度、財政、軍隊、士族の特権など、政治的なテーマをめぐる議論であり、残りの三分の一は教会と宗教に関わる問題を扱う。

実は同じ一五四三年頃、レイは『商人』という道徳劇も書きあげていたという。ルター派信徒のドイツ人、トーマス・キルヒマイヤー（ラテン語名ナオゲオルグス）がラテン語で発表した『商人』（一五四〇年）を基にして、行数を三倍にした翻案物である。ところがレイの『商人』が実際に出版されたのは一五四九年で、しかも出版地は王都クラクフではなく、プロイセン公国の首都ケーニヒスベルクであり、念入りにも匿名出版だった。

なぜそれほど遅れて、しかもプロイセンでの出版になったかと言えば、新教の普及に対してきわめて厳しく臨み、弾圧していたポーランド国王ズィグムント一世が一五四八年四月一日に他界するのを待ったからだった。王の死後、ポーランドの名門貴族や士族がこぞってプロテスタントに、特にカルヴァン派信徒に変身し、カトリック教会がプロテスタント教会に変わり、司祭らが結婚するという事件が一挙に増えた。ミコワイ・レイもまた、公然と宗教改革の旗を翻すようになったのである。『商人』の筋書きについては、チェスワフ・ミウォシュのテクストを借りたい——

罪人、この場合は商人がその死後、君公、司教、修道院長といった多くの有力者とともに裁きを受けることになる。有力者たちは正義の秤に自分たちの作ったすべての教会と修道院、自分たちのあらゆる善行、さらには教皇の贖宥状までのせるが、秤は動かないままである。商人はなにも善行をもってきていない。生前、ペテン師でならず者だったのであるが、その信仰によって救われる。かくしてこの劇は、信仰のみによる正当化の理論をおしすすめることになった。

『ポーランド文学史』第三章

一五四六年頃、レイは『旧約聖書』中の『ダヴィデの詩篇』の散文訳を出版するが、この段階ではまだカトリック色、プロテスタント色が相半ばする表現だと言われている。

自作で明白なプロテスタント色を打ち出した最初の作品は、一五五七年にクラクフの版元マティス・ヴィジュビェンタが出版した『主と、真実の神たる吾らの救世主が現世で人間として、語り、行われた主の聖なる言葉と御業を、ポーランド語で判りやすく説き、庶民の為に簡潔に著した、年代記あるいはポスティッラ』である。ミウォシュが「真の、すなわちプロテスタントの信仰の提示である」と言う『ポスティッラ』は、『新約聖書』の福音書から切り取った一節（ペリコーペ）について、毎日曜日、教会で司祭が行う説教のようなテクストを集めた体裁の書物であり、フォリオ判七〇〇頁という大作であるにも拘わらず、題の中で打ち出した宣伝文句が功を奏したのか、増補再版が一五六〇年、一五六六年、一五七一年にクラクフの同じ版元で、一五九四年にはヴィルノ（＝ヴィリニュス。現在リトアニア共和国首都）で刊行され、一六〇〇年には何とリトアニア語訳まで出るベストセラーとなった。『ポスティッラ』刊行の翌年、一五五八年にヴィジュビェンタが出版した『像』については次章で、一五六二年に同じ版元から出た『動物園』については第四章で、『動物園』の付録ではあるが、かなり独立した内容と表現を持つ『フィグリキ』は第五章で、ミコワイ・レイ最後の著書、一五六八年刊の『鏡』は、第六章で扱う。

実質的なデビュー作『領主と村長と司祭、三者の間の短い会話』を準備していた一五四一年から、没する一五六九年までの二八年間、レイは——かりに居続けたのではないとしても——クラクフで過ごす時間が長かったのではないかと思う。大作が連続する執筆作業もあるだろうし、版元との打ち合わせもあっただろう。クラクフで彼がアンナ・オドロヴォンシュから借りて住んだ館は残っておらず、その跡地と思われるグロツカ通り六〇番地には、いずれもレイを記念する「J・S・バントキェ記念財団第七私立総合高等学校」と「ミコワイ・レイ記念私立小学校」が立っている。ヴァヴェルの丘に聳える王城を目の前に見上げる場所である。

イェジー・サムエル・バントキェ（バントケとも。一七六八〜一八三五）はルブリンのルター派ドイツ人家庭に生まれ、ヴロツワフ、ドイツのハレ、イェーナで学んだ言語学者・歴史学者で、ドイツ系でありながら――ドイツ語力を最大限活かしながら――シレジアやポーランドのゲルマン化を防ぐべく闘った人物である。晩年は一八一一年から死ぬまでクラクフに住み、クラクフ大学教授、クラクフ大学図書館長を務めながら、主として印刷の歴史やポーランド語史についてポーランド語、ラテン語、ドイツ語で多くの著作を残した。バントキェは一八二六年、グロツカ通り六〇番地に主としてプロテスタント家庭の子弟向けに三年制の学校を開校したが、現在の高校と小学校は、その伝統を引き継いでいる。学校に隣接するグロツカ通り五八番地には、ルター派の聖マルティヌス教会とルター派信徒の地区本部がある。

善良な男か、真面目な人間か？

　チェスワフ・ミウォシュがアメリカの大学での講義用に英語で書いた『ポーランド文学史』についてはすでに触れたが、これを森安達也、長谷見一雄、沼野充義、西成彦、関口時正の五人が分担で日本語に訳して出版した際（未知谷刊・二〇〇六年）、チームの中でただ一人、西洋古典語を能くし、キリスト教についての造詣もたぶん一番深かった森安さんが訳を担当した、中世から一七世紀初頭までの時代を扱う最初の三章のうち、ミコワイ・レイは第三章に出てくる。

　その文学史でミウォシュが *A Faithful Image of an Honest Man* と英訳したレイの作品について簡単に触れたい。私たちの邦訳『ポーランド文学史』では『善良な男の生涯の忠実な像』

という題にした作品である。一五五八年にクラクフの版元マティス・ヴィジュビェンタが出版した原書の題は *Wizerunk własny żywota człowieka poczciwego, w którym jako we źwierciedle snadnie każdy swe sprawy oględać może; zebrany i z filozofow i z rozmych obyczajow świata tego* というものなのだが、今回私はこれを『鏡を見るように誰もがそこに容易に自らの姿を見てとれる、真面目な人間の一生の忠実な像』と訳しておきたい（以下『像』と略す）。「訳しておく」というのも妙な言い方だが、どうしてもこれで決定だという訳語がないのである。問題は **poczciwy**（ポチュチーヴィ）という、この時代の古いポーランド語の形容詞で、「まっとうな」がいいと思ったり、「誉れ高い」にしようと思ったり、いまだに悩みつづけている。英語の「honest」も、古い時代には「立派な」あるいは「尊敬すべき」という意味合いを充分含んでいたようなので、ミウォシュの付けた題に異論があるのではない。「善良な」という日本語でも、人間を形容するだけならいいのだが、物や事柄については使えないのである。ところがレイは特にこの形容詞を愛用して物や事柄にも使い、彼の価値観の中心をなすと言ってもよい大事な概念だけに困る。

『像』は、一三音節の詩行が、二行づつ対になって押韻されながら、約一二〇〇〇も連なる大著である。本書第一章で触れた、史上初めてのポーランド語文法、スタトリウスの『ポーランド語文典』で使用されている文例のうち七五%はこの『像』から採集したものだった。

著者名を大書するかわりに、「生誕五〇年目の年の〔肖像〕」とポーランド語で書き込んだレイの肖像画が一頁を使って大きく飾られ、その下にレイの友人アンジェイ・チェチェスキがレイウス（REIVS）というラテン語化した形でレイの苗字だけだが出し、誰が書いた本であるかの種明かしをしている（図5参照）。

イタリア人人文主義者パリンゲニウス（本名マルチェッロ・ステッラート）の著作*Zodiacus vitae*（『人生の十二宮』）を手本にして書かれた、無名の青年が智慧と経験を求めて賢者たちと出会いながら世界を旅する物語である。順にヒポクラテス、ディオゲネス、エピクロス、アナクサゴラス、ソクラテス、テオフラストス、ソリヌス、プラトン、ゾロアスター、クセノクラテス、ソロン、そして最後にアリストテレスとの邂逅にたどりつく、全一二章構成である。

若いポーランド人士族を読者に想定したと思われる、決して深すぎない、哲学入門のような趣きのこの本は大いに評判をとり、一五六〇年と八五年に版を重ねている。

ここでは、「エピクロス」と題された第三章を、それもほんの一部だけだが、訳してみたい。

Sic oculos REIVS, ſic ora diſerta ferebat,
REIVS Sarmatici ſplendor honosq́; ſoli.
Noſter hic eſt Dantes, ſeu quis cultiſsima ſpectet
Carmina, diuini flumen & ingenij.
Si cantus, dulcesq́; modos, quibus effera mulcet
Pectora, Calliopes filius alter hic eſt.
Tu noſtris ſeruato decus tàm nobile terris
CHRISTE diu, ut laudi ſeruiat ille tuæ.

An. Tr.

図５

（A）

主人公の若者は、海岸を歩いてゆくうちに、美しく白い顎鬚（あごひげ）が腰までとどく老人に出会う。面立ちも美しく、綺麗な花の輪を頭に載せ、皮を剥いだ山査子（さんざし）の杖をみごとに使いこなしながら、青年のように元気に歩くその老人は、かの高名なエピクロスだった。快いことだけに時を費やし、いかなる難儀な目にも遭わなかったために、ある年齢以上に歳を取ることはなかったという。

「ああ、聖なるご老人、私はどこへ行っても貴方の名声を耳にしました。お願いです、何か善き事をお教えください。この世にはどういう善き事があるのか、私にも判るように」――と若者は頼みこんだ。

すると老人は、人間のあらゆる活動の最終目的は快楽を得ることにある、船乗りも兵士もやがて得られる快楽をめざすのでなければ命を危険に曝すこともないと言った。

「学者もまた、やがて快い楽しい時を過ごせるからこそ、蒼白い顔をして書物を読む。快楽がなければ、誉れもないのだ」。

「吾らが生来有する全ての感覚は、全てにおいて何よりも快く楽しいことに向かって創造されている。眼は美しいものを見れば愛（め）で、醜いものは蔑（さげす）む。何かしら美しい声が届けば、耳は喜び、不快な声には髪の毛もよだつ。芳しい匂いが漂ってくれれば、少なからぬ快楽を享受するのは口と鼻だ。同じく、手も足も、心地よいものに触れれば、何という快楽を味わうことか」——そう老人は語り、人間ばかりでなく、動物も、およそ生命を持って世界に生まれてくるものはすべて快いこと、楽しいことをめざすと説いた。

　ところがそうした真理に目をつぶり、快楽は徳と相容れないという空しい理論で反論する者たちがいる——

「この世で快楽を享受した者は、死んだ後にどっぷり地獄に浸かるなどと、連中は言う。やれ途方もない恐怖だの、途方もない苦痛だの、喉に無理やりタールを流し込まれるだの、そこへ行けば、鎖に繋がれた頭が三つの犬、ケルベロスに噛みつかれるだの、全ては、祭壇に奉納される銭がもっと欲しいがために、紛れもない詐欺師らが考え出した作り話にすぎない。〔……〕そんな話を臆面もなくでっちあげるのは〔……〕詩人たちであり、坊さんたちだが、彼らはまことに不公平にも全世界を消してしまった。吾らは無から創造され、この世界に来たのだから、やがてはまた無に還るものなのだ。〔……〕永遠の生命は、汝、はかない驢馬（ろば）にはではなく、星々に、太陽に、月にのみ与えられているのだ。もし生きているうちに世界を享受しなければ、君が死ねば、もはやそれを蘇らせることはできない。山も塔も石の屋根もいつかは崩れる。泥を捏（こ）ねて造られたものが永遠に残るわけがあろうか？　吾らが見ているものは全てあっという間に移ろいゆくもの。〔……〕名声は永遠だ、死して後もそれは役に立つだろうなどと言う者がいる。〔……〕彼らは墓の上に家紋を掲げ、石に文章を刻み、旗指物をぶら下げたりするが、あっという間に石が倒れ、旗指物も朽ち果てて、後には何も残らぬ。〔……〕この世にあるものはなべて、やがて煙のように移ろいゆく。吾らが快楽のうちに経験するもののみがその名を残すのだ」と、長い講話のはてに、老人は若者に向かってこう助言した――「元気があるうちは、せいぜい時間を無駄にせぬことだ。そしていつでも、どこにあっても、自分の意志を自由に解き放って生きるがよい」。

「おお、その尊い頭脳より出る何と有難いお言葉！　今じっくり伺ったことに満たされて、心が喜んでいます！　こんな機会がさらにもっとあれば！　これほど大事な事柄を論じていただき、一体どのようにお礼申し上げるべきかわかりません。宝物として大切に記憶に仕舞うことにいたしますが、その快楽ということを知った今、自分の良い名声を損なうことなく、どのようにしてそこへ近づけばよいのか、それを考えて頭の中がひどく混乱しています」

「君は体面を気にしすぎると、最初にわしが言ったのを忘れたのかね。この世のすべてはやがて煙のように消えてなくなる。吾らが快楽の裡に享受することのみが名を残すのだ。しかし君がもしあらゆることをより確実に経験したいと望むのであれば、わしが君を案内し、その目に見せて進ぜよう。というのも、ここからさほど遠からぬ所に、驚くべき頭脳を持ち、あらゆることにかけて傑出した、《ロスコシュ》と呼ばれる女王がいる。女王の回りには、世界を享受するためにすべてを投げうって来た者どもが大勢集まっている。だからまだ元気があって、散歩も厭でなければ、行き、そこでさまざまな驚異をわが目で見たとしても、何ら失うものもなかろう」

若者は喜び勇んで老人に案内されながら、出発した。

右の（A）は、第三章の初めに置かれた木版画（図6）の下から始まる部分をあくまで適当に梳きながら要約したものだが、「　」で括った科白の部分は直接の翻訳である。

エピクロスの言葉の中に出てくる「ケルベロス」はギリシア神話における冥界の番犬だが、「祭壇に奉納される銭がもっと欲しいがために、紛れもない詐欺師らが考え出した作り話」は、カトリック教会の聖職者と地獄や煉獄の話を連想させる。「坊さん」は修道僧で、レイは修道院をことのほか嫌っていた。「ロスコシュ」とはポーランド語で「快楽、楽しみ」を意味する単語「roskosz」の音をカタカナで写したもの。

二人は《快楽》という名の女王が住む宮殿をめざしてゆくうちに、美しい庭に到着する。その庭の描写が以下の（B）であり、略さずに全訳した。ただし韻律は無視し、原文で文法的に一センテンスと考えられるものを日本語でも一センテンスとして訳し、改行してある。

（B）

二人が歩いてゆくと、やがてまるで生け垣のように周囲に薔薇の植わった、美しい緑の森が見えてきた。

白の繁み、紅の繁みと入れ代わりながらみごとに続くその後ろには、あるものは黄色い花、あるものは褐色の花をつけた菫（すみれ）が列をなし、形よく分かち植えされ、芳香を放っている。

薔薇の脇には、いい匂いの実をつけた柏槙（びゃくしん）と美しい月桂樹とが交互に植えられている。

塀の代わりとなる葉の広い梶楓（かじかえで）の木立ちは、あらゆる方角へ優しい翳を投げかける。

そして一面に植えられている無数の花は、いずれも背丈が揃って育ち、美しく形を整えてある。

あれはローズマリー、あれはマヨラナ、そして更に香りの強い、当地では知られぬ香草類――種々の香水の原料ともなるナルド、糸杉、ラヴェンダー、ヒソプ、いずれも独自の秩序に従って分かち植えされ、うつり変わるとりどりの色は目にも綾である。

百合、牡丹はそれぞれ自分の列に並んで紅に白に光彩陸離。

それらの間に交じる背の低い菫たちに綺麗な雛菊、その他の小さな花たち、鈴蘭、そして紅花と白花を互い違いに咲かせる撫子（なでしこ）が、地を覆いつくすかのようだ。

さらにそれらの間には多種多様なベリー類——赤だの褐色だの、それぞれ列を成した、阿蘭陀苺（おらんだいちご）、蝦夷（えぞ）の蛇苺（へびいちご）、みごとな蔓苔桃（つるこけもも）、桜桃、そしてあの香り高い木苺（きいちご）。

それらを囲んで柘植の樹が緑の葉を繁らせれば、それはあたかも園の中の園。

さてもさても、目をどこにやっても、これらの形を完全に把握することは難しく、ただただ驚く外はなかった。

またそれらの頭上には、さまざまな芳香を発する糸杉や肉桂を翳（かげ）で覆わぬように並んだ、立派な樹々が聳えたつ。

別の列を成すのは木瓜（まるめろ）に桃、冬でも葉を落とさぬ枇杷（びわ）に甘橙（あまだいだい）、はたまた肉豆蔻（にくずく）、杏子（あんず）、オリーヴ、そしてそこに立ち交じる、綺麗な色のさまざまな李（すもも）類。

「柏槙」としたものは、厳密には違う。本当はヒノキ科ビャクシン属の針葉樹セイヨウネズ（西洋杜松／*Juniperus communis*）である。したがって「いい匂いの実」は、酒のジンに香りをつけるジュニパー・ベリーを指している。「梶楓」としたのはセイヨウカジカエデ（*Acer pseudoplatanus L.*）のことで、レイのよく知っていたポーランド南部には多く、民謡などでもおなじみだが、北部には少ない、時に高さ四〇メートルにも達し、しかもここにあるように葉の大きな巨木である。「ナルド」は、『旧約聖書』「雅歌」一の一二に「王様を宴の座にいざなうほど／わたしのナルドは香りました」（新共同訳）とあるナルド（*Nardostachys grandiflora; jatamansi*）のことで、『新約聖書』でイエスの足を洗うのにベタニアのマリアが使った「非常に高価な香油」もこれを精製したものらしい。「ヒソプ」も『旧約聖書』によく出てくるシソ科の植物オリガヌム・シリアヌム（*Origanum syriacum L.*）で、浄めに用いられた（「出エジプト記」一二の二二など）。

原書ではこのあと女王《快楽》をはじめとして、さまざまな人物が、それぞれ一人が一つの観念のアレゴリーとして登場する。しかし最終的に現れた女神ミネルヴァ、つまり《知性》の神が若者に諭し聞かせ始めると、その中で自説をにべもなく否定されたエピクロスはこそこそと逃げるように消え去る。そして第三章が終わる。

ここで（B）の部分をわざわざ取り出して訳出したのにはわけがある。原文でわずか四〇行、全篇の一パーセントにも満たない箇所なのだが、いかにもミコワイ・レイらしいテクストなのである。

一見して単に植物名を羅列したに過ぎないようであっても、注意深く読むと、みずから使う言葉が現実界では何にどう対応しているか、作者はよく心得ていて、充分な経験と実学的知識があると感心せざるを得ない。つまりやたらに花や木の名前を並べて韻律を整えているだけではないことがわかる。観念的でなく、写実的であり、抽象的ではなく、実際的である。

一例を挙げれば、終わりの方にある「別の列を成すのはマルメロにモモ、冬でも葉を落とさぬビワにアマダイダイ」――と書かれた、原文で同じ脚韻の対句を成す二行などは、何の気なしに読み過ごして当たり前なのだが、前句はマルメロとモモという落葉樹の二種、後句はビワとオレンジ（甘橙）という常緑樹の二種が選ばれている。ここには、律と韻という音の問題の配慮だけでなく、レイが身に着けていた実学的、実践的な、この場合は植物や園藝に関する知識が動員されているのである。そうして初めて出来た、内容的にもいたって用意周到な対句なのである。

そしてもう一つレイらしいのは、本筋とは無関係なこうした描写を、無理にでも押し込んで、書く行為そのものを、ポーランド語自体を楽しんでいる様子が、ありありと伝わってくる点である。はたして翻訳でそれが多少とも感じられるものだろうか――心許ないが、右の二点についてはもう一度、第六章で、やや規模の大きい引用で、しかも今度は散文を例にとって見てみたい。

なお、『像』の第三章冒頭に掲げられた図6をよく見ると、中央に庭が描かれ、その中の右側に若者とエピクロスが立ち、彼らの遭遇した四人の女が彼らに向かいあって立っているのがわかる。一方、庭の外の左右にも、ごく小さく、若者と老人が庭にたどり着く前の道行きが、つまりは《過去》が描き込まれている。

Chodzac po brzegu morſkim/ człowieká ſtárego

図６

第四章 『動物園』 ***Źwierzyniec***

まずは《共和国》が自らの不幸を訴える。

わたくしにいったい何の罪がある、あわれなみなしごのこのわたくしに。
そもそもわたくしは自分の民にいちばん困らされているというのに。
わたくしはすべての者を労わるが、わたくしを労わる者は一人もいない。
信の置けぬ、しがない世の中にあんなに情けなく虚仮(こけ)にされた民。
おお、不幸者の《エゴイスト》よ、それもこれもお前のやらかしたこと、
かくも名高い民族を何と見事に苦境に立たせたこと、
民は、神聖な正義もこのわたくしも追い出そうとするが、
それで良かったかどうかは、やがて思い知ることになろう。

『像』の場合と同じく、クラクフのマティス・ヴィジュビェンタを版元として一五六二年に出版された、レイの次の大作は、『様々な身分、人物、鳥獣の姿、性質、ふるまいを忠実に書き出し、集めた動物園』であり、私はこの本の後書きから話を始めたのだった。書物の冒頭には、右のような八行詩で始まる、《共和国》、《エゴイスト》、王室お抱えの《道化師》という三者の会話が置かれている。

ポーランド語の「共和国」は名詞と形容詞に分けて書けばRzecz Pospolita（ジェチュ・ポスポリタ）となり、これはかなり正確にラテン語のRes Publica（レス・プブリカ）に対応している。その元々の意味は「公共の事柄」である。英語のRepublic（リパブリック）と同じように、ポーランド語でも一語にしたRzeczpospolitaが使われ、右の引用でもこの形の女性名詞が語りの主語になっているため、女性言葉のように訳した。《エゴイスト》は、国家や公共のことは何も考えずに私利私欲に走る人間を指しているが、おそらく共和国の国会の構成員である士族の中にはそういう者もいるということだろう。

このように、一行に一三の音節が含まれる詩行が、脚韻aa-bb-cc-ddの八行でひとまとまりを成しているのが、『動物園』に収められた膨大な数の詩（いわゆるエピグラム）の基本形である。初版では六五四篇のエピグラムと二一一篇の「こぼれ話」を集めたものが、一五七四年の第二版ではエピグラムが六七〇篇、「フィグリキ」と名を変えたこぼれ話が二三六篇掲載された。

私が『動物園』と訳した原語はźwierzyniec（ジヴィエジーニェツ）なのだが、本当はこれもしっくり合う訳語はない。実はジヴィエジーニェツという地名が、ポーランド各地や旧リトアニア大公国領に、驚くほどたくさんある。地名の場合は、近現代の学習施設としての《動物園》ではなく、中世近世の《猟場》に起源があるのがほとんどだろうと思う。古い時代の日本語では、狩場、狩庭、狩倉、狩座というようなものが相当する。他方、その土地にはいない珍しい禽獣を養っていた場所にもジヴィエジーニェツという語が使われた場合があり、中でもクラクフに今もあるこの名の地区名は注目に値すると私は考える。

フィレンツェの市議らがポーランド王ヴワディスワフ二世・ヤギェウォにライオン二頭を贈り届けた。その珍しい贈り物に添えられていた一四〇六年五月二十三日付の書状にはこうあった――「国王陛下の忝い思し召しを願う私共は、御許に雄獅子と雌獅子をお届けすべく、手配を致しました。繁殖の為を考えての番（つがい）でございます。これらはフィレンツェのライオンでございます」。

無事にフィレンツェから届いたライオンを飼うために、王城ヴァヴェルのテンチンスキ櫓の脇に獣舎が設けられ、その後、豹、熊、大山猫、猿、鸚鵡、駱駝も入居し、駱駝などは実際の役務に就いていたという。この状態はまさしくジヴィエジーニェツにほかならず、実際にそう呼ばれてもいた。やがて一六世紀になると、王城にあったこの動物収容施設は、ヴィスワ河沿い、サルヴァトルの丘の下に移された。それが現在もこの地区の名称「ジヴィエジーニェツ」として残っている。

というわけで、やや近代的な響きが強いけれども、狩場ではなく珍獣の収容施設という意味を優先して、そして何よりも、内容に照らして『動物園』とした。なお、レイのこの作品を中世の欧州で流行した「動物寓意譚」(bestiarum) と結びつける説もあるが、私にとってはあまり説得力がない。一方、諷刺的な寸鉄詩集は他の文化圏にもたくさんあり、中でもレイはエラスムスやイタリアのバッティスタ・フレゴーゾ(一四五三〜一五〇四)の著作はよく知っていた。しかし、私はそうした源泉の探求、類似の発想の比較、影響関係の穿鑿などは行わなかった。

レイの『動物園』第一章では、聖書や神話の世界、キリスト教以前の古代から以後の中世という広い世界から集めてきた人物を、諷刺抜きで教訓的に扱った二三六篇のエピグラムが並ぶ。この章からは一篇だけ訳出する——

ユディト――気高きユダヤの女

かの名高き女性、ユディト、ベトゥリアの町にあり、
町の陥落の間近きことを見てとるや、
必ずしもおなごに相応うことではなかったが、
敵軍に赴き、恐るべきヘトマンを斬首した。
騎士身分の者は、ここに良き鑑を仰ぎ見て、
小さなおなごから心意気を汲むこともできよう、
祖国を護らんと命を賭した彼女には、
いま生きていればヘトマン職こそ相応しい。

『動物園』第一章二一五

『旧約聖書続篇』、あるいはカトリック教会で言う「第二正典」中にある「ユディト記」の話。プロテスタントでは外典の扱い。絶世の美女ユディトは、ユダヤの町ベトゥリア（実在せず）を攻略したアッシリア軍陣地に乗り込み、捕らえられ、司令官ホロフェルネスの天幕に連行される。やがて酒宴が始まり、ユディトは酔いつぶれたホロフェルネスの首を掻き、ベトゥリアに持ち帰る。ヘトマンとは、ポーランド語で軍の最高司令官のこと。ユディトは

Iudyth zacna żydowka.

Iudyth tá sławna páni/ w Betuliey mieście/
Acz nie práwie przystało to było niewieście.
Widząc bliski vpadek miásteczká onego/
Szłá do woyská y ściełá Hetmáná srogiego.
¶ Mogłby tu stan Rycerski stąd dobry przykład bráć/
A s tey mátey niewiastki/ sercá sobie dodáć.
Ktora broniąc oyczyzny/ gárdło swe ważyłá/
A godnáby Hetmáństwá/ by dziś żywá byłá.

NB

Kliománta Kártágińska páni.

TE pánia gdy Rzymiánie poimáli byli/
Iednemu ią paniecźu/ chowáć poruczyli.
A gdy ią wykupiono/ ten iż ią miłował/
Prowádził ią przed woysko/ lecz zá to gárdło dał.
Porwawszy miecz v sługi/ tám gi wnet przebiłá/
Ty wieśz nieślachetniku/ nie tobiem ślubiłá.
Wpadszy ná Koń do męzá przybiegłá w rádości/
Y wolná/ y pomściłá sie swoiey lekkości.

NB

G 4 Porcia/

図7

ルネッサンスからバロック期にかけて非常に流行した題材だった。図7は、詩が印刷された頁。ユディトは左側にある絵の女性か。

『動物園』第二章は、「高貴なポーランド民族の幾つかの身分と名門」を扱う一七九篇のエピグラムから成る。

その劈頭(へきとう)はポーランド王ズィグムント一世を木星のユピテルに譬えて麗々しく礼讃する詩だが、その息子のズィグムント・アウグスト王と、妻である王妃ボナに割りあてられた二番、三番のエピグラムは、すでに頌歌とは言えない――

スィギスムンドゥス・アウグストゥス

知っているなら、教えてくれ、この人物について。
諂(へつら)わずに言うべきだ、真に高潔な王なのだと。
高潔、知性、徳はまさしくこの方のもの、だが
善良この上ない主君は、常にすべてを恐れる。
若(も)しもスキピオ一門の熱意、アレクサンドロスの力業、

ヘクトルの執念がそこへ加わるならば、
そしてさらに、その知性を良き助言が支えたなら、
誰が彼に比肩しよう――誰でもいい、言い給え。

『動物園』第二章二

ポーランド王ズィグムント二世アウグスト（一五二〇～七二）を、わざと古代ローマの皇帝風にラテン語で呼んでいる。父親のズィグムント一世の名も、母親ボナの名前もポーランド語で呼んでいるので、どう見ても嫌味な扱いだろう。「アウグストゥス」は初代ローマ皇帝の名だが、形容詞として「強く偉大な」という意味があるのではないだろうか。高潔で知的で徳があって優しい――しかしこの当代のポーランド王には、決断力や豪快さが足りないという意味合いの皮肉なエピグラムであり、こんなものが王の目に触れてもいいのだろうかと思われるが、もしかすると、ズィグムント・アウグストは、こう書かれても怒ることのない、本当に寛容な人間だったのかもしれないし、父王の時代から見知っている、しかもその才能を高く買っていた、年上のミコワイ・レイを相手に眉を吊り上げることも愚かだと、ほほ笑んだのかもしれなかった。「助言」と現代語に近く訳した単語（rada）には「抜け目なさ」や「元老院の元老たち」という意味もあるが、翻訳で両方の含意を表すことはできない。

ボナ　ポーランド王妃

ボナとは字。名は体を現したか——それは見る者による。
高貴この上ない、立派なお家柄の生まれ。
その知性ゆえに、女ながらに今もその頭脳は
ポーランド中に隠れなく、その言葉は長く世に伝わろう。
知性の生まれる国、イタリア民族の出、
しかして最高の宝石も、多きに過ぎれば害を為す。
若いみぎりはかの国で教え育てられた高貴なお方、
果していずれであったか、諸君、教えてくれ給え。

『動物園』第二章三

ボナ（一四九四〜一五五七）はミラノ公国スフォルツァ家に生まれた公女であり、一五一八年にクラクフでポーランド王ズィグムント一世と結婚し、戴冠した。名前のBonaはラテン語で「良い、善い」の意味の形容詞なので、その名の通り良い王妃だったか、それともその実績から見てどうだったか？　と問うところにこの詩の諷刺がある。ボナはこれまでの王妃とは違って国政や息子の結婚問題に関してかなりはっきり自分の意見を表したことから

も、同時代でも後世でも、たしかに何かにつけて毀誉褒貶のある人物だった。最終行で「いずれであったか」というのは、ポーランドにおけるボナの存在と活動がちょうど具合よかったのか、それとも行き過ぎだったのかという問いだろう。ちなみに、ボナは一五五六年にイタリアへ里帰りした一年後、ハプスブルク家の陰謀で毒殺された。下の図8は、この書物ではなく、ヒエロニム・ヴィエトルが一五二一年に出版した別の書物に載るボナの肖像である。

ナグウォヴィーツェのミコワイ・レイ

そうしたければ、蹄鉄打った靴で走り回れ、
綺麗に彩られた壁に見とれるがいい、

図8

綺麗な馬衣追いかけて、スープにありつけ、
できる時に自分の幸福を繕うことだ。
私はもうこうして家に居て、のんびり生きることにした。
私は神に全てを委ねた、君は好きな相手と交渉すればいい。
私のこの《主》は、全ての者を幸せにすると聞く、
もはや誰も、いかなる王にも仕える必要はないと。

『動物園』第二章六四

これは自分のことを書いている。一～三行は全体として、仕官や宮仕えを志願して奔走したり、有力者や富豪に近づいたりする努力のことを示唆しているが、一字一句の意味となると必ずしもよくわからない。二行目の「壁」は宮殿内部の壁で、たとえばクラクフの王宮ヴァヴェルでは、各広間や部屋の壁一面に、ズィグムント二世アウグスト王が特注してフランドルから輸入した、豪奢で巨大なタペストリー（いわゆるアラス）が掛けてあるので有名だが、それも含む表現だと思われる。綺麗な馬衣（馬着）は、裕福な貴族や高位の軍人を指す喩と読める。

五行目までだけであれば単なる逸民生活の宣言だが、そのあとに続くのはいかにもプロテスタントらしい述懐である。どちらかと言えばコハノフスキに近い詩想。

ヤン・コハノフスキ

よく見るがいい、生来の優れた才能に
正しい修錬が加わる時、何事を為し得るか、
このポーランド人士族、コハノフスキの
業績とふるまいから察せられることを。
才能と修錬が彼をどう導くか、
それはその多くの著作が明らかに示している。
ティブッルスは羽ペン揮(ふる)って囀りもしたが、
果してこれほど見事に徳を描けたろうか、疑わしい。

『動物園』第二章一四八

ヤン・コハノフスキ（一五三〇頃〜八四）は、一般にポーランド語文学を代表するとしてよく挙げられる二人の詩人のうちの一人である。もう一人は一九世紀のアダム・ミツキェーヴィチなので、時代があまりに違い、二人が生きた世界もまったく違った。ミウォシュは「十九世紀初頭までもっとも著名なスラヴ詩人は、疑いもなくヤン・コハノフスキであった」

（『ポーランド文学史』）としている。

『動物園』をレイが書いている時点で、自分より一五歳も若いコハノフスキのどんな書き物に接していたのだろうか。少なくとも印刷されたものはほとんどない状態で、「多くの著作（pisma）」という言葉が不思議である。しかしそれはあくまで、文学作品を印刷された刊行物で読むことに慣れきってしまった私たちの感覚ゆえの不思議さかもしれない。

実はレイが読み得たのは、コハノフスキがパドヴァにいた頃からラテン語で書いていた、恋愛抒情詩の手稿あるいは写しなのではないかと思う。それらはまさに紀元前一世紀のローマの詩人ティブッルスに学んだ《エレギア》というジャンルの詩だった（日本語のエレジーとは違う）。それらは一五五九年〜六〇年頃に成立し、ヤン・オスムルスキの雑録帳に書き込まれたという。そして「エレギア第一集」（一五篇）と「第二集（一一篇）」として、より大きな単行本（全四集）に収められて出版されたのは一五八四年のことである。ただ、そう仮定すると、ティブッルスでさえ「これほど見事に徳を描けたろうか」という最終行の「徳（cnota）」という言葉に違和感が残る。いずれにしても自分とは違い、ラテン語で書く、しかも若い詩人に対するにしては、やっかみも意地の悪さもなく、称讃が非常に率直に響く。

この第二章には、コハノフスキもそうだが、レイの同時代人でまだまだ活躍中、あるいは存命の人物もたくさん出てくる。カルヴァン派の士族を率い、国会下院議長を何度も務めたミコワイ・シェニツキをはじめ、プロテスタントの同志たち数十人にエピグラムを奉って称えているのは当然としても、何と九人のカトリック司教も登場させ、おおむね好意的に描いているのは、さすがに社交的配慮をしたものか。

七四のエピグラムから成る『動物園』第三章は「聖職者及び世俗の人々」を扱い、口調がこれまでとうって変わり、諷刺が強まる――

教皇

畏れおおくも、活ける《神》に挑み、
その座をわがものにするとは驚くべきこと。
かの不遜な悪魔の身に、傲慢が因(もと)で、
何が起こったか――それは言わずと知れたこと。
或いは、舌を垂らし、牛の如くに乾草を食(は)んだ、
かの惨めなネブカドネザルのように、
きっとわれらが法王(パパ)もなることだろう、

至高の《神》に対し、全てにおいて逆らう以上。

『動物園』第三章二二

題名はローマ教皇を表す正式な用語パピェシュ（Papież）なのだが、第七行ではパパ（papa）という蔑みをこめた言葉が使われている。全体として、教皇をアンチクリスト（反キリスト）としてあからさまに指弾するテクストで、『新約聖書』「テサロニケの信徒への手紙二」の第二節を想起させる――《神に対する反逆が起こり、不法の者、つまり、滅びの子が出現し〔……〕。この者は、すべて神と呼ばれたり、拝まれたりするものに反抗して、傲慢にふるまい、ついには、神殿に座り込み、自分こそは神であると宣言するのです》（新共同訳）。

ネブカドネザルは、古代ユダ王国のユダヤ人を捕虜としてとらえ、バビロニアに連行した新バビロニア王ネブカドネザル二世のこと。『旧約聖書』「ダニエル書」四の三二に《汝は逐れて世の人と離れ野の獣と共に居り牛のごとくに草を食はん》（文語訳）とある。

ローマ

聖ヨハネが目撃し、黙示のうちに語られた、

七つの首を持った獣に乗る女は、

諸王、諸侯を誘惑し、籠絡した。
しかしその力は今日も広く世界に及んでいる。
天使が聖ヨハネに告げたことによれば――
その女は、広大な七つの丘を従え、賑わった、
しかしやがて空しく滅びることになる、
とある町の予表であったとか。

『動物園』第三章一三

いわゆる「バビロンの大淫婦」あるいは「大バビロン」として『新約聖書』の「ヨハネの黙示録」に記された女を、カトリック教会と、七つの丘の上に建てられたローマとに重ねている。

僧院長たち

何の苦もなくこんなに肥えた、あの豚どもを見て賞玩するがいい。
しかも奴らを肥らせた連中はなぜか恥ずかしがりもせぬ。
だがこの場所は、この国の栄誉の為、いざとなれば

《王冠》に仕える騎士身分の人間にこそふさわしくはないか？
そして、肥り過ぎたあの者どもよりも、哀れ虜囚の身となって
泣き叫ぶ者たちの捧げる礼讃こそ、《主》にはよほど愛おしい筈。
それともこうした無秩序に浸ったまま、吾ら全てが啄ばまれ、
森へ逃げ込むことになる日を共に待つべきか。

『動物園』第三章二七

修道院を、豚を肥育する養豚場に見立てている。「奴らを肥らせた連中」は、教皇庁のことなのか、それとも民衆のことなのか、判断できない。「王冠」はこの場合、国王というよりもポーランド王国という「国家」を指すと考えていいのではないだろうか。「この国の栄誉の為、いざとなれば《王冠》に仕える騎士身分の人間」というのは、国を護るための戦争に参加する軍人という意味で、修道院の施設を彼らに開放して使わせよという主張。当然、修道会は要らないということである。「虜囚」や「啄ばむ」という言葉は、モンゴルやトルコとの戦争をイメージしている。

教会

エルサレムのソロモンが、教会を建て、
やがてそれを涙ながらに《主》に奉納した時、
《主》は彼に約束された——その中に《主》の御意(みこころ)が
ある限り、その中では全ての者の声を情け深く聴き入れると。
それが今やどうだ、見るがいい、美しい意匠を凝らして
飾られた教会の内壁を、これら数々の偶像を！
そして見よ、そこで果して《主》の御意が行われているのか、
人はその願い事の中で、一体どんな良き望みをもち得るのか、を。　『動物園』第三章三〇

この場合の「教会」は組織ではなく、教会堂であり、プロテスタントの立場に立って偶像崇拝を批判している。

さあ見たまえ、祭壇の前で司祭たちが犇いたかと思えば、
祭服をたくし上げ、一人の司祭の尻に全員がつき従う。
さてもその者の回りで、全員が操り人形よろしく動けば、
危うく転倒しそうになって宙返りもしかねない。
その者のため、シンバル鳴らし、オルガン弾けば、
当の御本人、熊のように彼らに擦り寄り、
喉を鳴らし、息を吐き、秋波を送り、引っ掻きこそせねど
掌を舐めようと身を屈めては鼻を鳴らす有様。

『動物園』第三章三六

見世物、人形芝居、サーカスといったようなものを連想させる描写だが、これがどの程度常軌を逸したものなのか、それとも頻繁にあり得たものなのかは、残念ながら不勉強のためわからない。シンバルと訳した語も、ツィンバロムと訳せる可能性は捨てきれない。全体として聖体拝領の準備をしている図に見える。

聖遺物

あの愚か者どもを見よ、硝子越しで骨のかけらに
接吻してはぺこぺこし、あまつさえ金を払って買おうとする様を。
そこに何が入っているのかも知らずに、終始頭(こうべ)を垂れては、
まるで活ける《神》に対するかのように礼拝する様を。
だが《主》は呼ばわれる——自分たちで寄ってたかって殺した
死者たちのために、墓を築くお前たちは哀れなり、と。
そのかみの聖者らが望むのは、そのような礼讃ではない、
ひとえに彼らの行いを知って、《主》を礼讃することだ。

『動物園』第三章三七

三五番の「ミサ」と並ぶ、似たような語法のエピグラム。カトリック教会などで、聖人たちの骨や衣服、持ち物といった聖遺物を、ガラスの蓋の付いた箱などに入れて見せ、時にはそれを礼拝することが信者の贖宥につながっていた状況についての諷刺。

聖水

ふり撒(ま)け水を、愛すべき高僧よ、その檀(まゆみ)の枝で、
だがそこへ出かけるとなると、ポンチョの心配をせねばならぬ。
なぜならそなたは、そのなりで静々と、撒水棒を持って歩みはすれど、
私の体を濡らすだけで、何の足しにもならぬことは判っているから。
その《聖別されし水》は、われらの《あらゆる罪咎(つみとが)》を
滅(めっ)してくれる筈だとそなたは言うが、
吾らにとって遥かに確かなものは、既に過去のものとなったが、
吾らのために《主》の脇腹から流れ出たもの。

『動物園』第三章四〇

カトリック教会では、ミサで司祭が聖水撒布を行なうことがあるが、これに対する批判。最終行の「脇腹から流れ出たもの」は、磔刑に処せられたイエスが流した血のこと。この詩に続く「振り香炉」と題した四一番の詩も、同じような言葉遣い、同じような趣向で「振り回せ、愛すべき司祭よ、ただ吾らの鼻にはぶつけぬように」と始まる。

マルティン・ルター博士

天なる《主》にとり、一千年は一日にしかあたらず、
そのお力を現し示すには、長い間待たれるもの。
この時も随分と忍耐されたけれども、
歯に衣着せぬ人の噂に、御威光はすっかり曇り、
やがて流石の堪忍袋の緒も切れて、
自らのお考えに適う、一人の人間を呼び起こされた。
すなわちヴィッテンベルクのマルティンという偉い博士、
栄えある《主》の御威光を高々と世に示された方。

『動物園』第三章四六

ポーランド王国

さあ、わが愛する祖国よ、わが身を思って共に泣こう、
幸福はサンダル履きでのろのろ吾等の後ろをうろつくだけだと、
国防軍もなければ、正義もない、こんなものぐさの

裡に何と長いこと、吾らは住んでいるのか、と。
遠くを旅した者で、どこかでいつかこんな人間どもと国を
見たことがあるなら、私に教えてほしいものだ。
本来なら獅子たちとも互角に戦える体で、健康ながら、
ものぐさゆえに、苦しまねばならぬ人間どもを。

『動物園』第三章五〇

共和国あるいは国会

人々は御車の上に裸の共和国を思い浮かべる。
そもそも人々が彼女を評価する仕方は千差万別。
ある者は左に、またある者は右に引っぱる。
この女主人に仕える者は皆、常に仲が悪い。
それが信じられなければ、かの誉れ高き
国会の審議のありさま、とくと見るがいい。
哀れ彼女が何と激しく叫ぶことか、目撃するだろう。
彼女の皮膚が音を立てるほど、てんでに四方へ彼女を引っぱる様を。

『動物園』第三章五五

『動物園』巻頭に置かれた《共和国》、《エゴイスト》、《道化師》三者の会話に呼応する詩だが、アレゴリーの抽象性と感覚的な具体性の配合が絶妙で、結晶度の非常に高いすぐれた作品だと思う。レイ自身が何年も下院議員を務めた経験も効いているのだろう。

次の六五番から「第三章」を締めくくる七四番まで、クラクフを舞台にした一〇篇の詩が並ぶ。

クラクフの城

まともな頭のある者なら教えてほしい、就中（なかんづく）世界を旅した君よ、
果してどんな土地にこれほどの壮麗を見ただろうか。
その名も高き、かのソロモンであっても、
ここならその神殿を大いに立派に拡げることができたろう。
これほど立派な城の巣が、偉大なる鷲に
ふさわしくないということがあるだろうか？
鼻を穴に突っ込んで、鼠を啄（つい）ばむほかに

能のない木菟(みみずく)などにはこれは勿体ない。

『動物園』第三章六五

ポーランド国王の居城は、ヴィスワ河を見おろすヴァヴェルの丘に立っていたので、ヴァヴェル城とも言う。ミコワイ・レイが城のすぐ下に住んでいたことは書いた。「鷲」はポーランドの国章の図柄だが、「能のない木菟」がわからない。いくら何でも当代の王ズィグムント二世アウグストに対する当てこすりだとは思えないが、そう読まれても仕方ないのではないだろうか。

クラクフのコレギウム

上古の人々は神々のためにあれこれ居場所を選んでやったが、ここなら悪しからぬ宿を神々にも提供できたに違いない――

ここでは正義や神聖なる徳を教えているからなのだが、しかしどうやら、何の苦もなく人を肥らせる場所でもあるようだ。

というのも、雛と同様、若者は見張りが必要だが、教授は誰一人として自分の務めを果していない。

学問によってほんの一口智恵を詰め込んだとしても、
躾が悪ければ、早晩すべてを台無しにしてしまうのだから。

『動物園』第三章六九

原文通り「コレギウム」としたが、「大学」でもいいかもしれない。レイはクラクフの大学に一学年間しかいなかったが、この詩を読むと、学生寮の印象を書いているだけのような気もする。いずれにしてもあまり勉強に身が入らなかったのではないか。

『動物園』第四章、つまり最終章には、観念などを象徴する寓意画、すなわち《エンブレム》を解説するという体裁のエピグラムを中心に、全部で二七一篇が収められている。

《希望》の姿

人々は楢(なら)の樹の下に《希望》を描いた。
良い考えをいだき、服を着て、緑の冠(リース)を頭に載せ、
折れた鎌を手にした姿で。その意味するところは——
良い希望の裡にある心は、死神をものとも思わなかったし、

自らの戦いの中で、決して良い考えを変えることなく、
たとえ暗黒であっても、それはやがて緑に変わると思う。
そして、風に動かぬ楢の樹のようにしっかりと立ち、
何事が起ころうとも、すべてを良く考える。

『動物園』第四章三

変わらぬ心の描かれ方

変わらぬ心を持つ人間は棕櫚の下に描かれている、
その傍らには悠久の昔から大理石の柱が立っている——
なぜなら棕櫚の幹は揺るがぬ仕方で育つので、
それをいくら傾けても、常にまっすぐ立つ。
大理石もまた、雨の雫に洗われれば洗われるほど、
いよいよますます美しくなるものなのだ。
人は誰も、そのような変わらぬ心を持つべきだろう、
善にも悪にも永遠に乱されることない心を。

『動物園』第四章七

互助

二人とも森の中で行き倒れとならぬよう、
脚萎えを担いで歩く盲(めしい)が描かれている。
一人では方角がわからぬので、もう一人が道を教え、
一人では歩けないので、先を急げぬ。
一方の手がもう一方の手を互いに洗えば、
一方の手ももう一方の手もつねに白い。
このように一人がもう一人を忠実に助けることで、
人は自分にとっても後々の報いを用意しているのだ。

『動物園』第四章一二

変わらぬ心の柳

どこの家にもあるおなじみの樹、柳だが、
それは偉大な辛抱強さを秘めている。
五月にはそれを折って編んだ冠(リース)をかぶって歩き、

山羊は下の方から手当たり次第に齧りつく。
それでも柳はじっと緑のままに立ちつづける、
すべての者に、変わらぬ心の良き手本を示しながら——
抓られても、折られても、山羊に齧られても、
緑のまま、人々が良き思いの裡に歩めるように。

『動物園』第四章九七

語法的にも感覚的にも、私たちの時代に近いものを持つ、不思議な魅力のある詩だと思う。

ひかえめな舌

寡黙な者と賢い者の差はほとんどない。
どちらが何をより多く有しているか、判断できないからだ。
ところが例のぺちゃくちゃ喋る者については密偵も不要だ。
その話声は地から天まで届く。
それゆえ耳は二つ、舌は一つ与えられたのだ。
吾らがより少なく語り、より多く耳を澄ますためだ。

まことに必ずや、頻りに言葉を囀る者は、
狂った頭から遣わされた密偵に違いない。

『動物園』第四章一〇七

第五章　フィグリキ、すなわち笑い話　*Figliki*

前の章で紹介した一五六二年出版の『動物園』には、かなりの頁数にわたる「こぼれ話集」という付録がついていた。その「こぼれ話」だけでも全部で二一一篇あった。こちらも本体のエピグラムと同じ形式の八行詩である。そして『動物園』が一五七四年に再版された際、エピグラムが一六篇増えて六七〇篇となり、こぼれ話も増減の結果二三六篇となった。この一五七四年再版本では、こぼれ話集に『フィグリキ、すなわち、悩み事も去って閑(ひま)のできた読者が気晴らしに読めるよう集めた様々な人々の滑稽な出来事』という新たな題と表紙も付けられ、独立した別の本にも見える体裁で登場した。左の図9がその表紙である。

フィグリキ（figliki）は「笑い話」（figlik）の複数形で、コハノフスキが広めたフラシュ

Figliki/ álbo
rozlicżnych ludzi przy=
padki dworskie/ ktore sobie
po zátrudnionych myslach /
dla krotofile/ wolny be=
dacz/ czytáć mo=
żeß.

Teraz nowo drukowáne.

図９

キという言葉に近い。これらの小咄は単に滑稽なものだけでなく、卑俗あるいは卑猥であると顰蹙を買うような内容も多いので、これだけ人目を忍んで読めるよう、本体と区別した造本になったのではないかと思う。こういう小咄や笑話のアンソロジーもヨーロッパのさまざまな地域でたくさん書かれ、編集されていた。レイの『フィグリキ』に収められた話の「種」も色々と指摘されている。

総数二一一話（第二版では二三六話）と数も多い中から、ほんの少しだが、以下に紹介したい。

王に指輪を返さなかった者

手を洗おうとした王様、家来に指輪を渡した。

王様は忘れたものと家来は思った。

一年後、王様が手から外した指輪を渡そうとすると、同じ家来が俄然大喜びで駆け寄った。

王様いわく――「待て、まずは前の指輪を返せ。冗談にしても少々長きに過ぎる！」

見よ、長々と人の徳を弄んでろくなことはない。
羞恥心に訴えるにしても、その徳だけが頼りなのだから。

『フィグリキ』三

この逸話(?)は、コハノフスキの笑話「辛抱強い記憶」にも同じものがあり、そこでは王の名前がズィグムントと明かされている。つまりズィグムント一世だが、そうしてみると、これは本当にあった出来事なのではないだろうか。

一六世紀初頭のポーランドではまだフォークというものが使われていなかったので、食事の前に手を洗うのは、それが国王であればなおのこと、当たり前のことだったのだろう。ズィグムント一世の結婚相手ボナの実家、ミラノのスフォルツァ家でも、彼女のお輿入れ(一五一八年)までにはまだ普通には使っていなかったと見える。ところが彼らの息子で一五三〇年に即位した、ズィグムント・アウグストの王室調度品目録には金製のフォークも記載されていたというから、母親のボナがこの頃までに故国から調達したのではないか。

神父、犬を墓地に埋葬する

神父の可愛がっていた犬が死んだ。

神父は犬を墓地に埋葬した。そこで司教が告発した。
神父は金貨を持って行き、司教に渡した。そして、
あの犬はキリスト教徒として亡くなったと語った。
――「全ての金（かね）を、司教様、貴方に遺し、わしにはただ、
自分の為に三十日ミサを行（おこな）うようにとだけ命じて！」
司教は金を受け取り、神父の罪を赦し、
犬もすぐさま教区民とした。

『フィグリキ』二八

私にとってはこの驚くべき小咄にも、すでにレイが書くより百年以上前に書かれた本説があった。

イタリアの人文主義者ジャンフランチェスコ・ポッジョ・ブラッチョリーニ（一三八〇～一四五九）がラテン語で著した『笑話集』（*Facetiarum liber*）に収められた「犬の葬儀を執り行う司祭」だが、左に掲げるのはインガ・グジェシチャクによるごく最近の現代ポーランド語訳をさらに私が和訳したものである――

トスカーナに一人のかなり裕福な田舎司祭がいた。その可愛がっていた犬が死ぬと、

神父は犬を墓地に埋葬した。それを聞き知った司教は、もとより神父の財布に目をつけていたこともあり、神父を呼び出して告発し、処罰せんと思い立った。司教のことをかなりよく知る神父は、金貨を五〇枚携え、出かけた。対する司教は、犬の葬儀を執り行ったという廉で神父を告発し、牢屋に入れるよう、〔下僕に〕命じた。とその時、聡明な神父は言った――「司教様、どれほど私の犬が賢かったことか、もしご存じだったら、人間たちにまじって葬られるに値したといっても、きっと不思議にお思いにならなかったことでしょう。実はあの犬、生きている間も、死に臨んだ時も、人間にもまして優れた知性を持っていました」。「何だと？」――司教は驚き、訊き返した。「生涯の終わりに、遺言を書くにあたり、司教殿の困窮を知っていたこともあって、あなたへの遺産として金貨五〇枚を充てたのです。私はそれを今ここに持っています」。すると司教はその遺言も葬儀もよしとし、金を受け取り、神父を無罪放免とした。（第三六話）

このようにポッジョの『笑話集』から直接に材料を得ていると考えられるレイの小咄は二五篇あるという。ポッジョのラテン語原文が散文で、レイの小咄が一行一三音節の八行詩という定形韻文だという形式の違いはもちろんのこと、時代や社会も異なれば、二重三重の翻訳という障害もあって、原作からの翻案がうまくいったか、いかなかったかなどと判断するのは、あまりに筋違いというか、不遜でもあるが、この話の場合、そしてあくまで私の趣味からすれば、レイの創作は大いに成功しているように見える。

まず何よりも簡潔さ、短さが生きている。その上、他の例でまま見受けられるような、原作の内容からのとりこぼしがない。つまり必要充分な事柄が、極小の形式にみごとに移入されている。と同時にレイは、移すだけでなく、ごくわずかでありながらきわめて効果的な新しい要素を追加する。

私が「キリスト教徒として」と苦し紛れに訳している原文は、実は「krześcijańskie」という一語に過ぎない。「キリスト教の」、「キリスト教的」あるいは「キリスト教徒の」、「キリスト教徒的」という形容詞を、副詞的な語形に変化して用いたものだが、こんな藝当が他の言語で果してできるものだろうか。恐らく「po chrześcijańsku」と二語になる。ポーランド語でも古語だから可能なのである。もちろんポッジョの原作にはキリスト教のキの字もない。

「三十日ミサ」というのは私が作った訳語である、原文はこれも「トリツェジマ／tricezima」という単語一つであり、ラテン語の「tricesima／三〇番目」から来た語で、いまだ煉獄つまり浄罪界にある死者の魂を浄めるために三〇日間連続で執り行うミサ聖祭、別称「グレゴリウスのミサ」を指すのだが、これについては、少しく詳述しなければならない。

五九〇年にローマ教皇となり、後には教会博士にも認定された聖グレゴリウス一世は、そもそもベネディクト会の修道士だった。同じ修道院の修道士ユストゥスが独居房で絶命した時、その所持品として三枚の金貨が見つかった。修道士は個人の財産を所有しないという戒律に反したことの歴然とした証拠だった。グレゴリウスは、ユストゥスの罪が浄められるのを助ける目的で、一日一回のミサを三〇日続けるということを提案した。その後しばらくして、その連続ミサが行われていることを知らない別の修道士コピオジウスの夢枕にユストゥスが立ち、自分の罪を償う刑がすべて終わったと告げた。修道士たちが集まって確かめ合ったところ、コピオジウスの夢にユストゥスが現れたのは、彼のための三〇回目のミサが済んだ夜だったということが判明した。トリツェジマはその後ローマで有名になり、八世紀頃からは各地の修道院、やがて教区教会などでも広く行われるようになった。死者のためのこの連続ミサは、今でも、遺族などの希望で執行されることがある。

ポッジョにおいてもレイにおいても、犬はみずから遺言で財産を人に遺した、つまり金銭を所有していたことになっている。だがポッジョの本説では遺産は司教にのみ渡されて終わりである。司教はその浄罪寄附金に免じて犬の罪を無かったことにする。全体として「地獄の沙汰も金次第」というようなローマ・カトリック教会制度の腐敗という問題が前面に出る。

ところがレイの詩では、神父はグレゴリウスのミサを挙げてくれとだけ臨終の犬に頼まれる。そしてきっとこの神父は実際に三〇日間連続して犬のためにミサを執行しただろうと思わせるだけの力が、テクストにはある。しかもここでは、ベネディクト会の修道士が金貨を持っていたという「罪」を想起させるように、犬が罪深くも金貨を持っていたことになっている。結局、煉獄で浮かばれずにいるはずの犬の魂を浄める儀式も、人間だけが埋葬されるべき墓地に犬を葬ることをした自分の罪も、神父はみずからの金で贖おうとする。そうさせるのは犬に対する愛着を措いてほかにない。風刺詩の体裁ではあるが、ここで前面に突出してくるのは、犬と生活をともにしてきた神父のそうした真情だろう。ポッジョの作を短く切り詰めながらも新たに工夫したほんのわずかな修辞が、そういう転換を可能にしたと私は考える。

人間中心主義的な世界観に対する批判と見えるものがこれほど端的に表現されているということ自体に驚かされるが、プロテスタントの立場からするカトリックに対する批判という枠組みではとらえきれない、そういう問題にまつわるラディカルな視線を私はこの詩に感じる。もしかすると、それは私がこうした問題に疎いのでそう感じるだけのことなのかもしれない。いずれにせよ、表現の簡潔は、暗示する内容の先鋭な印象を強める方向に働いているし、レイがキリスト教という言葉をかなりの程度において相対化し得ていたようにも見える。

ミサを聴いた韃靼人

韃靼人の使節が教会のミサに居合わせた。祭司と蠟燭の多さに驚いた。

「いかがかな、わが国の典礼はお気に召したか」と問われて使節は答えた――「全てはいわば狂気の沙汰」――だが使節がもっとも咎めたのは、誰もが何かを食べるかのように用意をして食卓に向かっているのに、飲食しているのは一人だけで、他の者に何一つ分け与えないことだった。――「あの者の宴会には私は絶対行かぬぞ」――使節は言った。

『フィグリキ』四一

右の話に似たものが、やはりポッジョの『笑話集』の「改宗を勧められたエジプト人」に見られる。

或るキリスト教徒が、かねてからごく親しいつきあいのあったエジプト人異教徒がイタリアに来た折、一度でいいから、教会のミサ聖祭に行ってみないかと誘った。エジプト人は承知して、キリスト教徒たちといっしょにミサに参加した。その後、儀式や厳かな祈禱についてどう思うかと尋ねられると、彼は、ある一点を除けば、全ては理想的で秩序正しいものに思われたと答えた。というのも、ミサのあいだ、隣人愛というものが欠けているように彼には思われたのだった――飲み食いしているのはたったの一人で、残る信者らが腹を空かし、喉を渇かせているにも拘わらず、その一人は他の誰とも分かち合おうとしなかったのだから。（第二一五話）

ミサにおいて、パンとワインがイエスの体と血に変わる「聖体変化」を起こす儀式を司祭一人が行う様子、そしてその聖体をひとり司祭だけが拝領する、つまり御体であるパンを食べ、御血であるワインを飲む様子を異教徒が見て感想を述べるという話である。ただ、それはあくまでミサの途中までのことで、その後は会衆たちにも、ワインは省かれるとしても少なくともホスティアと呼ばれるパンは分け与えられるのではないだろうか。

受難曲を聴きながら泣く女

司祭が受難曲を歌うあいだ、泣いている女がいた。

ラテン語が判るのか、と別の女が女に訊いた――
「あんた、自分でもなぜか判らず泣いてるに決まってる。
そのあんたの泣き方、頭がおかしいとしか思えないよ」
女は答えた――「そんなことで泣いているわけじゃないの。
死んでしまった、あたしの可愛いロバちゃんを思い出して、泣けてきたのさ。
ちょうどあんな、神父さんのような声で嘶（いなな）いてさ。
そうして今わの際にはあんな風に小声でひいひい鳴いてさ」

『フィグリキ』九七

解説の必要もないほど明白な諷刺詩だが、民衆には意味のわからないラテン語をあえて教会で用いることの問題が、あらためて生き生きとした、感覚に訴える描写で提示されている。そしてここにも――『フィグリキ』二八番の神父と愛犬ほどではないが――人間と家畜あるいは動物一般の深い関係が示唆されている。というのも、もちろん「驢馬」が選ばれているのは、ヨーロッパで一般的な「愚か者」の喩としてなのだが、原文にはそうした観念性を超えて生々しい官能的な表現力があるために、「死んでしまった、あたしの可愛いロバちゃん」が実在し、女は本当にそれを愛していたのではないかと思わせるリアリティを獲得しているからである。

神の昼食に招く枢機卿

教皇の軍隊を率いて戦う、或る枢機卿、勝利を確約して小隊長らの中を駆け回りながら、言った——「これは神をお護りする戦、いざとなれば、脅威はあれど、たとえ仆れる者が出ても、その者は今日にも必ず神の御許で昼食にあずかること疑うべくもない」

すると一人はその昼食に呼ばれたいと言ったが、或る司祭は言った——「私は夕食が晩かったので、まだ消化しておりませぬ」と。

『フィグリキ』八五

この話の本説は、ポッジョの『笑話集』に収められた第一九話「枢機卿、教皇軍を激励する」と見られているが、そこでは、兵士らを激励した枢機卿が戦場から退こうとすると、兵士から「あなたは吾らと共にその宴席に赴かぬのですか?」と問われ、「今はまだ私の食事時ではない——まだ腹が空かぬのだ」と答える。この場合はポッジョの原作の方が鋭利で優れている。

軍隊を率いる枢機卿

枢機卿が軍隊を率いて通り、農夫が感嘆して言うには――

「聖ペテロが世におられた時、これほど戦争はなさらなかった。それが見ろ、どれほど大変な奇蹟を成し遂げられたことか。自身は無一物だったが、後継ぎには大層なものを遺された」

あの方は枢機卿にして大将軍なのだ、と教えられ、農夫はまた言った――

「なるほど、しかし一番高い位に登ったとしても、神様のお裁きでは用意される席は一人分だ。だがきっと、どこか隅っこに場所はあるさ、大将軍様よ！」

『フィグリキ』一一〇

これも枢機卿の話だが、使徒ペテロは無一物の清貧の身で、かつ戦争などはしなかったのに対して、ペテロの後継者たるローマの司教つまり教皇や枢機卿は、多くの富を蓄え、なおかつ戦争までする、だが、最後の審判ではそうした権威や富とは無関係に一人の人間として裁かれるにすぎないという、教会批判である。

懺悔をした町人たち

町人たちが或る同じ神父の許で懺悔した。
自分は実は間男(まおとこ)をしていると、全員が告白した。
すると神父が尋ねた――「どこにそんなに沢山ご夫人がいる?
お前たちが互いに融通し合っているのではないのか?
なぜならご夫人たちもほとんど全員が告白したのだ、
よその夫と関係を持ったとな。
お前さんたちの言うことが嘘でないなら、もう帰っていい、
そして、あわれな聖職者とばかりに私を馬鹿にしないでくれ」

『フィグリキ』一〇〇

――と、食事の前に指輪を外す王様の話を除けば、結局宗教がからむものが多くなってしまったが、最後に一つだけ、キリスト教とはかかわりのない笑話を訳す。

痩せっぽちとは厭だと言った太っちょ

一人の痩せっぽちが冗談のつもりで太っちょに言った――「どうだ、森へ行って、金持ちの商人でもぶっ殺して、肥った牛でも一頭いただこうじゃないか」

相手は応じた――「お前と一緒の首吊りは気が進まんな。どうせなら紳士として、別の紳士とぶら下がる方がまだいい。お前はぶらぶら揺れながら、俺の尻を蹴とばすに違いない。こうしていたって落ち着かないお前だ、首を吊られてみろ、ちょっとした風で藁束みたいにぶらぶら揺れるにきまってる」

『フィグリキ』一五二

ルネッサンスというより、中世の風景かもしれないが、この種のものもあるし、艶笑ものも、動物が出てくるイソップ物語風の笑話もある。なお、各話の番号は一五七四年版『フィグリキ』のものである。

第六章　鏡に映す『真面目な人間の一生』

ミコワイ・レイが没するのは一五六九年だが、その前年の六八年に版元マティス・ヴィジュビエンタが彼の最後の本を出版した。フォリオ判で六〇〇頁になんなんとする大著で、『鏡を見る如く、全ての身分の人間が容易に自らの行迹(ぎょうせき)を眺めることのできる、鏡あるいは形』（略称『鏡』）と題された。

「鏡」は、ラテン語でスペクルム（speculum）、ポーランド語でジヴィエルチャドウォ（źwierciadło）を訳したもので、「鑑」という字をあててもいい。スペクルム文学という一種のジャンルは、中世からルネッサンスにかけて、欧州のそれぞれの言語圏でそれなりの流行ないしは系譜をたどれるような現象があったようだが、どうも言語によって内実が違うような印象があるし、ポーランド語文学以外についてはまったく責任ある発言もできないので、そうした他言語の「鏡」についてはー切触れないこととしたい。しかも、レイのこの『鏡』

は、他の彼の作品に比べて、オリジナリティあるいはポーランド的要素がはるかに濃厚なようなので、なおのことそれでいいだろうと思う。

この本は、レイ文学の集大成に似つかわしく、次のような、それぞれ書式の異なる、互いに独立した七種のテクストを集めたものである――

（A）《真面目な人間の一生》――騎士身分で荘園領主の――しかし貴族や王族ではない――平均的なポーランド人士族として模範となるべき人間の一生を散文で語る。世界の創造から説き起こし、神の教え、子供の教育、社会的身分の問題などを扱う第一書、結婚、国会、君主などの政治や道徳も論ずる第二書、老年期と死を扱う第三書まであり、『鏡』の中でもっとも長いテクスト。

（B）《吾らが筋金入りの杜撰さについて全ポーランド王国が共に嘆く》――ポーランドの政治的状況や宗教問題について散文で批判的に語る――「如何なる民族も、如何なる遊牧の民も、更にはジプシーの民ですら、かくも名高く、かくも高貴な吾らの国家のように投げやり、いい加減ではなく、もっと良好な状態にある」。

（C）《アポフテグマタ、すなわち賢明なる小話集》――（A）で扱われたさまざまな道徳、社会、宗教の問題を韻文で論じる。

(D)《騎士身分の真面目なポーランド人に向ける呼びかけ》――韻文で、イタリア人、チェコ人、ドイツ人、ハンガリー人、トルコ人、ロシア人、ワラキア人、韃靼人、スウェーデン人、デンマーク人についてそれぞれの民族性を語ったのち、ポーランド人の民族性と抱える諸問題を論じなおす。

(E)《全てのキリスト教徒騎士のための確かな甲冑》――『鏡』の中で論じられているあらゆる問題を宗教、とりわけカルヴァン派の立場から、散文で取り上げる。

(F)《誠実で思慮深いポーランド人のための友情溢れる短い忠言》――『鏡』全体の執筆目的をいまいちど散文で要約する。

(G)《この世との別れ》――一生を締めくくり、死に臨んでの覚悟と挨拶を一連の韻文で記す。

そして最後に、すでに私が第二章で紹介した、レイの評伝《この名を持つ最初のポーランド王たる名高きズィグムント大王、次いでその子であり且つまた偉大で名高きポーランド王ズィグムント・アウグストの御代に生きたポーランドの誉れ高き士族、ナグウォヴィーツェのミコワイ・レイの生涯と事蹟。氏の事蹟を知悉していた良き友アンジェイ・チェチェスキこれを記す》が収められている。

本来であれば、この『鏡』からこそ、まんべんなくテクストを選んで翻訳すべきなのだが、何より訳者としての能力の限界から、そして出版をめぐる客観的な制約もあって、それはあきらめ、『真面目な人間の一生』から第二書第一六章だけを選び、省略せずに全訳することにとどめる。

なぜこの章なのかと言えば、ここには、いかにもミコワイ・レイならではの独特な言葉の世界があるからである。

四季の移り変わりに応じて、農事、家事において為すべきことを、良き荘園領主あるいは良き家長の立場から書いてゆくテクストでは、ともすれば退屈になる教訓的な要素が背景にしりぞき、実際的な知識に裏打ちされ、具体性に富んだ描写が、読者を魅了する。これほど圧倒的な数の名詞、そしてそれに伴う適切な動詞や形容詞を、リアリティをもって操ったポーランド語作家は、少なくともこの時代にはいなかった。ミコワイ・レイを同時代のフランドルの画家、ピーテル・ブリューゲルに比する評者もいるが、たしかにこの章には、そう思わせるような、生活に密着した記述、観察力、細部の描写力があるだろう。

同時にレイは、執拗なまでに、これらの農事、家事を《楽しめ》、《味わえ》と説く。筆力とは別に、この世界観、人生観もまた興味深いではないか。

なお、以下の訳文で、太字体で強調した見出しおよび小見出しは、一六世紀の初版においてすでに存在するもので、アラビア数字だけが原書にはない。本文中の見出しには大きな活字が使われ、読者の便を図って付けられた小見出しは、本文中ではなく、欄外に印刷されている。左の図10と、「3　春をものぐさに……」の直前（一四〇頁）の図12を参照。訳文中の傍点はすべて私が付けたもので、大体において、その傍点で強調した箇所について、私が注釈を加えた。

『真面目な人間の一生』　第二書　第一六章

1　身を固め、既に諸事全般においても落ち着いた《真面目な人間》が、神の御心に適った節度ある農事をどう思慮深く味わうのか

軽薄な青春時代を脱し、社会的立場も確立したわれらが《真面目な人間》が、その立場がどんなものであれ、何らかの役職にあろうと、役職なき自由な立場であろうと、神様がかたじけなくもその人間を呼び出し、置いてくださったその社会的立場において、どのようにみずからの真面目な生活を安定させ、その生活の中でどのようにして、神の

Kápitulum xvj.

Jáko poććiwy człowiek iuż w słusznych sprá- wach postánowiony pomiernego á poboż- nego gospodárstwá swego ma rostro- pnie vżywáć.

Vżechmy sie dosyć násłucháli o po- winnośći poććiwego człowieká/ á zwłaszczá iuż tego/ kthory wyszedszy s płochey młodośći swoiey/ á postánowiwszy sthaniczek swoy/ w ktorim go kolwiek Pan Bog powoławszy po stánowić raczył/ badź to ná iákim vrzedzie/ badź też w thym wolnym bez vrzedu/ iáko żywot swoy poććiwy stánowić y w nim sie pobożnie záchowáć ma/ y iáko wszythki przypadki cielesne w sobie skromić ma/ y iáko sie cnothámi y spráwámi rozmyslnemi á poććiwemi zdobić ma/ y w nich sie záchowáć ma/ y tho czo człowieku vććiwemu należy/ iáko sie we wszem wedle powinnośći swey rozważnie y pobożnie záchowáć á spráwowáć ma/ iákoby ni w czym nie obráził á niczym nie zá ćmił iásnego á poććiwego stanu swego.

Tu zásie trzebá málo o thym pomowić/ ieslize go iuż Pan Bog ták

Bog ták

図10

御心に適うようにふるまうべきなのか、どのようにして自分の中のあらゆる肉体的特性を抑え、どのようにしてさまざまな徳と、思慮ある、真面目な活動によってみずからの価値を高め、またその中でふるまうべきなのか、またこれも真っ当な人間であれば誰もが実践すべきことなのだが、あらゆる面で、みずからの義務に応じて、みずからの輝かしく誉れある立場を何によってであれ傷つけたり、汚したりすることのないよう、どのようにして思慮深く、かつ神の御心に適うように自己を律してゆくべきなのか、ということを中心に、吾々は《真面目な人間》のさまざまな務めについてこれまですでにたっぷりと聴いてきた。

これまでの物語で、すでに壮年期に入り、結婚し、家族をもうけ、社会的には国会の下院代議士として活動する主人公の《真面目な人間》は、同時に、田園地帯に農地と農民を所有して経営する荘園領主として、また「家父・家長」としての身分を確立している。この第一六章は、その田園生活をいかに楽しむかということに力点をおいて物語られる。「神の御心に適った節度ある農事」としたが、「農業」あるいはもっと近代的な表現になるが実態に即した「農業経営」としてもいい。

不安な思い

ここで少々論じておかねばならないことがある。もしも神様がかたじけなくも吾らにそうした贈り物を下さるとしたら、それらのさまざまな徳を、そして節度ある、考え抜かれた思慮深いみずからの行いを、穏やかに、また神の御心に適うように、そして常に朗らかな気持ちをもって実践するにはどうすればよいのか、またどのようにふるまえばよいのか、という問題である。というのも、人は、さまざまな徳に恵まれ、真面目な手段で富を手にすることができたとしても、ただそれだけでは不充分であり、自由で朗らかな思いと、もめごとのない、美しい生活とをもった上で、それを享受するのでなければならないからだ。あらゆる面で美しく立派な業績によって人に認められ、財力その他、神からの賜物にも恵まれた隣人がいたとして、その心中が常に憂わしく、自家のことであれ、他人のことであれ、絶えず心配事によって不安な思いにさせられているとしたらどうだろうか?

もし、《主》のみ恵みにより、貴君が自分に関するあらゆる徳行と務めとを定めた時、貴君の《主》がかたじけなくも貴君を導き、立たせ給うた、御心に適うその生活について熟考する時、神から賜ったあらゆる楽しみを味わいたければ、四六時中悪魔祓いをして歩くチェンストホーヴァの坊さんのような、まめではあるが悩み多き主人には決してなるな。つまり——朝起きてみると、庭に牝山羊が一頭いるのが目に入り、走りながら「この悪魔、もうとっくの昔に原へ追い出しておくはずじゃなかったのか？」と叫ぶ。納屋の中に豚を一頭見つければ「納屋に悪魔がいるぞ。ほれ、さっさと原っぱの仲間を追いかけろ、悪魔めが！」と怒鳴る。馬たちの足元に糞を見つけては「この悪魔、もうとっくの昔に掃き出しておくはずじゃなかったのか？」と喚く。こうして一日中、自分の家から悪魔を追い出す仕事に精を出すような主人にはなるなということだ。叱られ、震え上がった使用人たちは、ある者は身を隠し、ある者はどこへ行っていいのかわからず狂ったように走り回る。そのあとを主人みずから杖を持って追い回すうちにすっかり疲れ果て、夕飯も喉を通らぬ始末——

チェンストホーヴァ（Częstochowa）は、ポーランド南部に位置する古都クラクフから北西方向に一三〇キロほど行ったところにある、現在でも巡礼や観光で有名な町だが、何と言っても有名なのは、一四世紀末にハンガリーからもたらされて以来この地にある、幼子を抱いた聖母マリアのイコンである。この絵は、その数奇な伝来、命運とさまざまな奇蹟を語る伝承が基となって、すでにレイの時代にも、篤い信仰や巡礼の対象となっていた。「坊さん」とあるのは、この聖画を特別な礼拝堂に安置して護っているパウリーニ修道会（正式名「最初の隠修士聖パウルス修道会」OSPPE）の修道士のことだろう。

まめな主人

そんな状態を、本当の意味で正しい、ありがたい生活とは呼びがたい。あるのは悩みと憂いだけだ。そんな生活より、朝起きたら、妻や荘司と、何なら村長殿とでもいい、しっかり話をし、時節や出来事について検討し、より喫緊の事柄は何かということを、時機に照らして慎重に決定し、使用人たちをきちんと差配し、一人々々に対して、その務めに応じて何が要事かを言い渡し、信頼してそれを任せ、もし一人でそれを最後までやり遂げられないとしたら、なぜかを優しく諭す方がよくはないだろうか。そうすれば、主人のそういう優しい態度ゆえに、叱責ではないその諭し方ゆえに、使用人は誰も、より意欲的に、より勤勉になって自分の主人のためにあらゆる面で尽くそうとするし、頭上で杖を振り回されるより遥かに速く、何につけても、物事は進むだろう。とはいえども、娯楽はさておいて、あちこちへ出向き、使用人たちが言われたとおりに仕事をしているかどうか、見回るのは一向にかまわない。そして万一、ゲッセマネの園の使徒たちさながらに、眠りこけている使用人たちを発見したら、誘惑には負けぬようにと杖を使って目を覚ましてやるのも差し支えない。そうすれば、主人みずから悩むこともなく、その効果的で憂いのない散策から家に戻ってからの食事もおいしいし、いわゆるところの「花冠を編むが如く」、すべての物事はうまく運ぶものだ。

使用人にも優しい父のような家長であれば、むしろ悩みは少ないという忠告。原文にはゲッセマネという固有名詞はないが、補った。「ゲッセマネの園の使徒」のように眠りこけるというのは成句として考えてもいいと思うが、最後の晩餐の後、イエスがオリーヴ山にある園へ行って祈る間、見張っていてほしいと弟子たちに頼むが、彼らは眠ってしまうという、福音書にある話を踏まえた表現。クラクフにはファイト・シュトースという優れた彫刻家が一四八〇年代に制作した浮彫の作品があって有名だった。図11はイグナツィ・クリーゲル(一八一七〜八九)という一九世紀の写真家がおそらく一八七〇年代に撮影したもので、撮影したその時点でこのレリーフは建物の外壁に埋め込まれていたために、通行人にもよく見えた。レイの時代にこれがどこにあったのか、わかっていないが、クラクフ市街中心部にあったことは疑いない。マリアツキ教会横の墓地だったのではないかという説が有力である。イエスの足下の方で眠っているのはヨハネ、ペテロ、大ヤコブ。

図 11

2　一年は四つの節に分かたれる

接ぎ木やその他のものを増やす

一年にもさまざまな時節があるように、農事においても、《真面目な人間》のあらゆる用事においても、さまざまな出来事がある。一年は四つに分かたれる。すなわち――まず春、そして夏、次に秋、そして冬だ。これらのどの時節にあっても、また必要不可欠かつ多様な農事においても、われらが《真面目な人間》は、その節度ある平穏な生活の中で、自身のための楽しい時間や娯楽を容易に味わうことができる。春になれば、妻や使用人たちとともに果樹園や庭をのんびり歩きながら、接ぎ木をしたり、苗木を植えたり、むだな枝を落とし、アブラムシを集め、植え込みを剪定し、溝を掘り、木屑を撒いたりするのは何と楽しいことではないか？　まだ若い苗木の回りに雑草が生えないよう、そうすることが必要だ。つまり、雑草が水分を吸い取ってしまったら、苗木も育ちようがないからだ。また若い苗木を植えたら、むだな枝を落とし、あまりに高く伸びるようなら、上の方の枝も刈ることだ。なぜなら、植えたばかりの新しい根は、自身の中にまだ水分もなく、高いところの枝があまり多いと、養いきれないのだ。接ぎ木をするときは、接ぎ穂を差し込む巣を台木にナイフできれいに作り込む。接ぎ穂がぴったりくっつき、台木も圧し潰さず、力を奪うことなく、やがて樹液をしっかり流し込むようになれば、みるみるうちに接ぎ穂と台は一体となる。

ポーランドで一九九一年に初版が発行された小学校七年生向け国語教科書『ポーランド語という祖国で』は、右の節から始まってこの先の「ブドウを植える」「有用な菜園」「一グロシュ出し、数グロシュ儲けるもよし」までの原文を、大幅に略しながら、また現代式の表記法に従って変えて、掲載している。農作業の実際に通じたミコワイ・レイらしさがこのあたりから出てくる。

ブドウを植える

またブドウの樹とバラの樹を植えるのもよい。いずれもいたって簡単に、ごくわずかな手間でできる。ブドウの枝をもらったら、まず溝を掘って、こまかい肥やしと木屑を入れ、二本の枝を十字に交叉させたその中心を溝に埋めて上からきれいに土をかけ、枝の端は上に向かって出しておく。そうすればいたって簡単に根付くものだ。もちろん、あらゆるものの息の根を止める、雑草は抜かないといけない。後日、大きく伸びたら、むだな枝や葉が多すぎる部分を摘まないと、それらも苗の回りの雑草と同じで、ブドウの実が育つために必要な水分を吸い取ってしまう。

ブドウ畑にバラを植えるのは、ヨーロッパでかなり昔から行われている習慣らしいが、バラはブドウより先にうどん粉病などにかかったり、害虫にたかられたりするので、予防のためのセンサーだという。その説明の当否はともかく、この風習がポーランドではいつ頃から行われているかを示す好資料として使えるテクスト。

葡萄の下で（H-188）

有用な菜園

そしてまたこぢんまりとした菜園やヴィ、リ、ダ、シュ、に足を運んで、きれいに畝を作らせるといい。その際、とんがり帽子のように畝を高く盛り上げると、水が流れ落ちてしまうし、深い畝間には永遠に何も出来ない。そして楽しみながら、必要な野菜やラディッシュ、レタス、コシヨウソウの種を蒔き、ウリやキュウリを植えるといい。さらにはマヨラナ、セージその他のハーブ類は、あってもまったく邪魔にならない。ヒヨコマメでもフェンネルでも、有用なものはいくらでもある。そういうものが育ってくると、お嬢さんたちや、家内のその他の娘たちも、それを編んで輪飾りにすることもできるようになる。モモだのアンズだのプラムだのの種を植えるのも悪くないし、クルミもいい。いずれも育ちが早く、役にも立つ。農夫一人に一日一グロシュも渡せば、畝などたくさん作ってくれよう。それはやがて一〇グロシュの値にもなる。

ヴィリダシュとはラテン語のヴィリダリウム（viridarium）を語源とする単語で、ベネディクト会、シトー会、カルトジオ会といった隠棲や観想を旨とした中世の修道院には欠かせない内庭のことで、周囲を建物や塀で囲まれ、閉ざされた四角形の庭園。中央に噴水などがある。コショウソウ（胡椒草／*Lepidium sativum*）は、日本では英語から来たガーデン・クレスとも呼ばれる。グロシュは銀貨の名前であり、貨幣の単位。

一グロシュ出し、数グロシュ儲けるもよし

　ところが「いや、俺ならここに肥やしをやって、大麦を蒔いた方がいい」と言って、私から見れば何とも困った、ものぐさ者もいるのである。肥やしがよく、大麦がよいなら、楽しみにもなり暇つぶしにもなり、役にも立つもの何でも、いったいその何が悪いというのだろうか？肥やしなどは難しいものでもなし、どんな農夫にでも作れようし、組頭や村長あたりが、何なら監督もしてくれよう。とにかく信じたまえ、大麦よりましなのだ。もし家に人手が足りないのであれば、農夫に一グロシュやれば、苗木を持って来ようし、もう一グロシュ足してやれば、接ぎ木もしてくれよう。それが育てば、一本の木が一グジヴナの利益だって生んでくれる。たった一枚のグロシュから、数枚のグロシュが育つのだ。ここで惜しむべきはグロシュではなく、怠け者の農夫のやる気の

農作業（H-190）

なさとものぐさ根性である。果して、窓の下でゴボウが悪臭放ち、イラクサにちくちくやられても、その場所に別の物を植えるよりいいというのか？　かりにそれが金銭的な利益をもたらさないものだとしても、家庭には必要な、ささやかながら役に立つというものはないだろうか？　たとえばリンゴだ。リンゴがあれば何種類かの料理が作れる。煮てよし、炒めてよし、焼いてよし、ガチョウに詰めてもいいし、卸し金でよく擂り(す)おろした粥(かゆ)もいいし、よく乾燥させたものを、箱に入れて一年中保存もできる。豚のようにいつでも生で食うことはない。そうした愛すべき作物の間を、一人でも、友人たちと一緒でもいい、のんびり散策するのは愉楽以外の何物でもない。一体これを何に代えられようか？　しかも、わが家でくつろぐ爽やかで清潔な人間、と皆に言われて。

ここでイラクサ（蕁麻）と訳したのは正式にはセイヨウイラクサ（*Urtica dioica*）とすべきものでポーランド語ではポクシヴァ（pokrzywa）と言い、誰でも知っている非常にポピュラーな植物だが、日本のイラクサ（*Urtica thunbergiana*）とよく似ていて、たしかに「ちくちくやられる」。ゴボウ（牛蒡）が悪臭を放つというのは、寡聞にして知らなかった。どちらも食用になり、民間療法薬の材料にもなって有用だと思うが、レイはこれらを悪者にしているのが解せない。ただ、ゴボウが「窓の下で」つまり建物の近くに生える、いわゆる「人里植

ßkámi ſwemi/ á zaczći to ſtánie: bo wżdy rzeka iż czyſty á o=
chedożny człowiek w domu ſwoim.

Wioſnę kto niedbále opuśći śiłá ná tym należy.

NVż záſie tego pilno trzebá dożrzeć/ áby nadobnie roliczkę vorano/ á czo naránieY może być/ bo thák w żywocie
ſwym iáko y w goſpodárſtwie iáko iedne godzinkę vpuśćiß
iuż śiłá vpuśćiß/ ále kedy możeß vprzedzay gdy czemu przy=
pádnie pogodá s káżdym goſpodárſtwem. Doyrzyß też te=
go áby porządnie wſiano/ nadobnie vwleczono. Bo kiedy ty Wioſny nie o= pußczáć.
thák Pánu Bogu oddaß ziemię porządnie ſpráwioną/ iużeś
nie ty krzyw że ſie nie vrodzi/ iuż to wßytko Pánu Bogu po=
ruczay. Tákże przydzie czás ięczmykowi/ großkowi/ tátárec
ce/ nic czáſu nie opußczay. A niewiele ſie tymi rzeczámi dro=
bnemi báẃ/ chybá coby potrzebá domowa zniosłá. Bo nie=
máßći zboża inßego pożytecznieyßego iedno żyto/ pßenicza/
ięczmyk miły/ á owies. Bo ty drobne rzeczy áni wzwieß iá=
koć ſie rozleca. Ale s tych drugich zboż iuż maß chleb/ iuż maß
piwo/ iuż maß koniá/ iuż maß wołu/ iuż maß połeć/ iuż maß
owieczkę. A s tego wßytkiego y pieniąßki/ y hoyna potrze=
bá domowa vroſcie. A z oſtátkiem też kto nie ma portu wiec
do targu/ álbo ſłodmi wyßynkowáć/ bo y to pożytek niemá=
T   ły vczy=

図 12

物」であることなど、知識にリアリティが伴っている。リンゴの「粥」と訳したのは原語のカシャ（kasza）に一番近いからだが、ピューレのこと。最後のセンテンス「しかも……」が腑に落ちない。それ以前の、家庭菜園を大切にする主人が「爽やかで清潔」というつながりも呑み込めないし、かりにそれが人々を感心させるのだとしたら、そうではない体たらくがいったいどういうものなのか、説明が不足している。他の士族たちと連れ立って家を空け、居酒屋で飲んだくれ、くだを巻く、喧嘩をする、といったステレオタイプの中小士族との比較なのか……

なお原書では次の節「3　春をものぐさに……」の直前に図12が挿入されているが、この絵をよく見ると、実は『像』でエピクロスの出てくる章に使われていた版画の再利用である（本書七五頁）。この図版で右側欄外に見える小見出しが、次の節「春を逃すべからず」にあたる。

3　春をものぐさに過ごしてしまえば、それは一大事である

春を逃すべからず

さて畑はきれいに耕すよう、しっかりと見張るべし。耕すのは早ければ早いほどよい。

人生と同じで、農事においても、一時間むだにすることで、やがて膨大な時間を無にすることになる。だからどんな農作業でも、どんな天候が何にふさわしいかをあらかじめ知り、なるべく先回りすることだ。種はしっかりと蒔き、土はきれいに砕き、均すよう、見張るべし。そうしてしっかりと仕上げた土地を神様に捧げたら、たとえ実りがなくとも、顔をしかめず、すべては神様にお任せするがいい。そして大麦、韃靼蕎麦、豌豆の時期が来たら、決してそれを逃さぬことだ。ただし、家計に余裕があれば別だが、あまりこのような小物に執心することもない。なぜなら、ライ麦、小麦、秋蒔き大麦、燕麦以上に有用な穀物はないからだ。小物は散らばったとしてもわざわざ地面から拾い上げるには及ばない。対してこれらの穀物があれば、パンは出来る、ビールは出来る、馬が食べる、牛が食べる、ベーコンは作れるし、羊も飼える。家計も満たされ、収入も増える。余剰が出て、港を持たぬ

農作業（H-178）

者であれば、市場に出すなり、麦芽にしてビールにすれば、その上がりは少なくない。とにかく春は一年全体の頭なのだから、できるかぎり気を配ることだ。この時期に植えたもの、接いだもの、蒔いたものは、あとは一年を通じて成長してゆくだけだ。ただ、山羊に齧られぬよう、雑草や蕁麻(いらくさ)がはびこらぬよう、注意を怠らぬだけだ。

「秋蒔き大麦」とした原語は直訳すると「愛すべき大麦」(jęczmyk miły)だが、これが本当に秋蒔き大麦の別名だという確証はない。ただ、直前に何の形容詞も付かない大麦が出ていて「小物」と馬鹿にされているので、こちらは春巻き大麦のことかと考え、このように差別化してみた。「港も持たぬ」というのは、たとえば、ポーランドの最南端からクラクフやサンドミェシュを経て、バルト海にいたるヴィスワ河などを使って船で運び、最終的にはグダンスクの港からドイツやオランダなどの商工業地帯に穀物を輸送、輸出する手立てやルートを持たないという意味。

魚によって利益を得る

もしちょっとした池や沼があるなら、それも無駄にすべきではない。まずはきれいに底まで乾かし、少々草が生えてきたところで浅く水を張り、鯉を七匹か九匹、別の池には鮒でも放つ。数尾の魚(うお)を放って数百コパを得るというのは、大変な利回りである。去年残った小魚があれば、あちこちの池に分けて放流すればいい。なければ人から分けてもらっても、買ってもいい。大きく育てば、金にもなるし、使い途(みち)もある。いずれ十になって還ってくる一グジヴナを惜しむことなく、今ある池に堤をめぐらせ、もしまだ土地に余裕があるならば、新しい池を作れば、楽しみにも利得にも、いい気慰みにもなることだろう。散歩に出かけて、自分の目の前で魚たちが飛び跳ねれば、それも一つの楽しみだ。少年たちに漁網を持って水に入れと言えば、それは第二の楽しみだ。魚の一部を換金し、一部はフライパンに投じるとすれば第三の楽しみか。とはいえ、この第三が他の二つより優先されるのも目に見えているようだ。

コパは、貨幣単位としては六〇グロシュに相当するが、数を数える単位でもあり、その場合は六〇個のことなので、数百コパは六〇〇〇～五九九四〇、つまりは「数千数万尾」という訳になる。本文の場合、どちらかわからないが、「利回り」という語があるので、金銭として訳した。グジヴナは重さの単位で、レイの時代のクラクフでは約二〇〇グラムだった。ただ、これも金銭の計算に使われ、その場合は一グジヴナ＝四八グロシュと定められていた。

熊と蜜蜂（H-287）

4　蜜蜂や羊その他のものも、なかなか利益になる

牛、馬、羊、蜜蜂 **etc. etc.**

もし蜜蜂を養っているなら、しかるべき時に掃除をしてやり、弱っている者には蜜をあてがい、巣の中に雑草だの不要な汚物などが生じぬよう、気をつけることだ。養っていないのであれば、試すがいい。みずから一グジヴナを育ててくれる、まさに聖なる半グジヴナだ。仔羊どもにも、ちょっとした利益を生むことはできるだろうか？　彼らを飼う場所がなければ、春に買って、秋に売るがよい。一組のつがいを半グジヴナで買い、仔羊が大きくなる秋には、元のつがいに払った半グジヴナを取り戻せるというものだ。羊たちを一年飼えば、羊毛と乳製品とで幾らになるか、計算するがいい。

利息に金を使う必要もない。自分で自分のことを気遣ってさえいれば、わが家に居ながらにしてこれほど高利でありながら、神の御心に適う収入もない。あるいはまた口先上手にふるまい、充分育った、さもなければ歳のいった牡の役牛を若い牛に交換してもらい、夏の間は草を食ませ、冬の間は籾殻や莁で何とか育て上げる。費用は二コパかかるとして、もらえる金は四コパだ。あるいはまた仔豚に半コパ払ったとして、雑草なり、ビール糟なりで夏の間は肥やし、その後多少の穀物を加えてやることで、最終的にベーコンだけでも一コパ、その他もろもろの部位でもう一コパの儲けになる。どうだ、これでも薄利だろうか？《真面目な人間》が労少なくして、しかも楽しみ半分で上げる利益にしては、果して小さいだろうか？　一〇ズウォティで仔馬を買って、三〇ズウォティで売るのはどうだ？　ただしかし、ゆきすぎた浪費家になってもいけないし、不必要に贅沢なご馳走にありつい

羊（H-269）

てばかりでもいけない。

「聖なる半グジヴナ」は「ありがたい半グジヴナ」、「神の御心に適う収入」は「罪のない収入」というように、より摩擦の少ない日本語にしてもいいのだが、あえて宗教性のある原語の響きを生かした。カトリック教会では高利貸しのような行為に対して厳しい禁令を出していたが、そういうことも念頭において、うしろめたさのない農業の良さを称揚していると読んだ。ズウォティは決済単位の名称に過ぎず、具体的な貨幣ではなく、この時代にはまだ現在のようにズウォティというコインや紙幣はなかった。一ポーランド・ズウォティ＝三〇グロシュ＝半コパと定められていた。ちなみに、ズィグムント二世アウグストの治下、『鏡』が出る少し前の一五六四年に半コパの値を持つ銀貨が鋳造され、「プウコペック」と名づけられている。

女主人の家事

一方、一家の心優しい女主人も、庭の世話や乳製品作り、亜麻や麻を扱う手仕事を、あまり労多くせずして、楽しみ半ばでこなしながら、立派な利益を得ることはできないものだろうか？　実はそうした家事の何もかもにもたっぷりとした見返りがあり、それで家の中も充分豊かになるのである。冬の間に娘たちと糸を紡ぎ、布を織り上げ、その一部を売るだけで、家計の必要はいつも立派に充たすはずだ。鵞鳥も悪くない。なぜなら羽毛も肉も常にそれなりの値がつくし、菜っ葉を刻み、熱湯をかけてやわらかくし、麩（ふすま）をまぶすのに費用はほとんどかからない。これがあれば、若き鵞鳥殿もよく太る。燕麦以上に呑み込みやすく、消化吸収しやすいからだ。同様に鶏の雛、鴨の雛、鳩の雛がいても邪魔にはならぬどころか、世話も焼けず、楽しみ半分で飼っておける。家がしっかり管理されているといつも言われて、評判も利益も上がるというものだ。

ご馳走や他の娯楽の機会はいくらでもあるが、然るべき事が求める然るべき時を逸するのは、われらが《真面目な人間》にふさわしくない、残念なことだ。とりわけ後から追いかけようとしても取り返せぬ種類の時を、不用意にも無駄にしてはもったいない。時は水とともに逃げると、言われる通りである。

5　夏が来たら、どう対処すべきか

夏の楽しみ

またあの暑い夏がやって来て、春のうちに作り、植えてあったもののすべてが、立派

鷹狩（H-274）

に熟し、育つのを見るのは、何とも楽しみなことではないだろうか？　最初の接ぎ木からリンゴ、ナシ、サクランボ、プラム、庭の畑からはキュウリやウリ、その他のお楽しみが運ばれてくる。かと思えば若いバターやチーズ、新鮮な卵が到着し、ニワトリが嘴であちこち突っつき回るは、ガチョウがガーガー鳴くは、仔山羊が喚くは、仔豚は走り、魚は跳ねる——そうなれば後は「味わうがいい、愛しい魂よ。あらゆる素晴らしいものがこれほどたっぷりあるのだから」と、神様を敬う心と感謝の気持ちを忘れず、ひとり自分に言い聞かせるのみ。やがて収穫の日には、鶻（はいたか）一羽を連れて馬で出かけることだろう。見ればきれいに麦を刈りながら、娘たちは歌い、男たちは時折り大声を上げながら、次々と麦の束をこしらえてゆく。主人の姿を見れば彼らもそれだけ元気に、より素速く働くが、畑でも杖振りかざして自分たちを追い回し、鞭で背中を打つような主人であればそうもゆかない。刈り入れ時には狩りの獲物として鶉（うずら）を追うこと

もできるが、貧しい者たちのための黍（きび）やその他の穀物を台無しにするようなことがあってはならない。もしそうなれば、悲しい顔を作って「鶉め、悪霊にでも喰われるがいい！」と言わないわけにはゆかない。あるいはまた、農夫たちが立ったまま、皆で感心してみせ「ほら鶉が墜ちた、お館様、墜ちましたよ！」と叫ばせるのもいけない。水鶏（くいな）を捕まえたぞ、と主人は農夫たちの前で得意満面、農夫らは鎌を放り投げて感心しきり〔――ではいただけない〕。どんなことにおいても、時間と節度を常に大切に用いることである。

そしてまた、ここまで来れば、農民たちが干し草を濡らさぬよう、時宜をよく見て積み上げ、屋根を掛け、きれいに整頓するまで、しっかりと監督することだ。一方、種を取るものは、時宜を見て運んで藁山を作るか、倉庫に蓄えるか、納屋で乾かしてもよい。どんなことにおいても時宜を逸するのは情けない。それができる者、できる場面であれ

森鳩を狙う（H-293）

ば常に時の先回りをすることだ。

なぜリンゴ、ナシ、サクランボ、プラム、キュウリ、ウリ、バター、チーズと傍点を振ったかと言えば、これらの名詞はすべて言語学で言う「指小辞」で書かれているからである。津軽弁を真似て「リンゴっこ、ナシっこ……」あるいは幼児語で「リンゴちゃん、ナシちゃん……」などと無理やり日本語にするわけにもゆかず、いつもながら困る。その後に出てくる仔豚や仔羊などの動物も指小形なのだが、「リンゴ、ナシ……」という、これでもかこれでもかと畳みかける列挙はかなり意図的な修辞である。ここで表現されているのは、おそらく手塩にかけた作物や産物に対する愛情だろう。あるいは農民や庶民の言葉に近い響きもあるだろうし、抽象化とは逆方向の具体化である。指小形の多用と羅列は誰でも気づくレイの特徴であって、ほぼ同時代のコハノフスキには見られない。そもそもこのような具体的な物を指す名詞の数が、コハノフスキよりもレイの方が圧倒的に多い。しかもそれはブッキッシュな知識というより、実際の経験に基づいてその物自体をよく知っている知識から繰り出される名辞なのである。

この節がまるまる、つまり省略なしで、一九八四年初版の七年生用国語教科書『親しい言葉』に引用されているが、私の見るところ、少なくとも二〇世紀末のポーランドで、ミコワイ・レイのテクストとしてもっともよく知られていた文章である。ちなみに六歳か七歳で入学する義務教育の「基礎学校」は——おおむね一九六〇年代から八〇年代にかけて——八年制だった。だから七年生と言えば、日本の中学一年か二年にあたった。この《夏の楽しみ》は、これも日本の国語教科書で言えば、《春はあけぼの……》あたりか。レイを読んでいて『徒然草』を思い起こすこともある。

実を言えば、この節の後半で語られる鶉狩りのくだりがよく理解できない。ハイタカを使っての鷹狩りの楽しみを述べているのかと思えば、ウズラを狩るのはよくないと諭すようである。ウズラがまだ刈り取られていないキビなどの中に隠れ、それを追って穀物畑を荒らすようなことをしてはいけないということだろうか。それに対して、ハイタカが狩るのを得意とするハトやスズメは、すでに穀物の取入れが終わった開けた畑で捕まえられるということだろうか。狩猟そのものにまったく不案内な上に、穀物の収穫期と狩猟の関係もわからないので、結局翻訳もきわめて心許ないものとなっている。小学校の教科書にも何ら説明がないのも不思議だが。

最後の段落で「屋根を掛け」とあるが、畑の中に正方形になるよう四本の柱を立て、その上から板や藁で拵えた上下可動式の屋根をかぶせ、壁のない、一時的な小屋のようなものを作り、その下に干し草や穀物を仮置きすることを指す。すべては仮のものである。日本では見たことがない。

6　秋の楽しみと農事

秋の農事

秋が来て、干し草を見に行くのは、楽しみでなくて何だろう？　きれいに耕された畑で、農夫たちがきれいに種を蒔き、土を均し、歌を歌えば、心は弾み、神様はきっと来年の収穫まで生かしてくださるという希望にふくらむ。それでも、農民たちが手抜きをせぬよう、上に生えた草だけ撫で切りにするのではなく、土を充分に耕すよう、見届けねばならない。もし土が深いところまでやわらかくなっていなければ、種は根を深くおろせない。固い土に突き当たって横に広がらざるをえず、きちんと根付かない。それだけ腐るのも早く、春になっても速く成長できない。また、土塊(つちくれ)がありそうなところでは、それをなるべくなくすよう、機を見て、できるだけ早く、しっかり土を砕くよう、監督もしなければならない。穀物は、冬の前にしっかりと敷きつめれば敷きつめるほど、春の成長も速くなるものだ。それだけ腐るのも速いと言う者もいるが、実際は、発芽したばかりのものの方が、早くから力を蓄えたものより、いろいろな外力に対して弱いのだ。

歳のいった大人より、年歯のいかない子供の方が転んで怪我をしやすいのと同じこと。そしてまた、湿った実、未成熟の実は必ずや腐るので、充分乾かされたものを使うよう、最後まで監督することだ。

ヨハネ伝第一二章

福音書で《主》が仰ることはもっともだ——*Nisi granum frumenti mortuum fuerit, ipsum solum manet*——つまり、一粒の麦の実が死なないということは、それがよく乾かされたものだということであり、それ一粒でも地の中に留まることができるということだ。

「一粒の麥、地に落ちて死なずば、唯一つにて在らん、もし死なば、多くの果を結ぶべし」（文語訳）という有名な言葉の一部だが、意図してなのか、レイの解釈は独特である。

7　秋の娯楽

秋の楽しみ

狩り場でこそ、もし犬がいれば、解き放て、と心おきなく命じることもできるし、狩

狩り（H-286）

り場ならではの楽しい時をじっくり味わうことができよう。フルートだのトロンボーンだののさまざまな音が鳴りわたるかと思えば、その後から到着する狩人が怒鳴る、ラッパを吹く。兎が飛び出す。兎を追い立て、その後を走り回ることの何たる楽しさ。兎を鞍に結わえ付け、家に持ち帰ればなお楽しい。意欲や良い考えが勢いづくし、良い血液も増え、胃袋の消化はよくなり、すべてが健康、すべてが快い。とは言うものの、すべての事柄と同様、この場合も時機を窺わねばならない。麦の穂がまだ立っている間は、あるいは別の麦が成長している間は、その時機ではない。狩り場では、兎殿が陣を構えるところ、貴君もあれこれ考える間なく走り回らねばならない――兎にしても、あるものは犬どもに傷めつけられ、あるものは馬どもに踏みにじられる、神からの授かりものの、罪と言うべきか、呪いと言うべきか、はたまた情けなさか。わが家に帰れば――食欲は旺盛、すでに食事の支度は何もかもみごとに整っており、どっさり届い

ていたのはとりどりの茸、赤初茸。たくさん捕らえられていたのは、これまたとりどりの野鳥。そしてこれも隅におけぬ娯楽なのだが、主人も時にみずから進んで小屋に入ってしばらく過ごしてみる。するとそこで彼が目にするのは――人々が蜂蜜を取り出す様子、羊の毛を刈る様子、かと思えば果物を運び、一部を保存、一部を乾燥する様子。すべてが気持ちよく、誰もが笑い、何もかもが潤沢にある。ただ一つだけ、すべてがきちんと手入れをされているかどうか、目を光らせて監督することは必要で、せっかく大変な労力をかけて集めたものを、つまらぬことで駄目にしないことである。そうこうするうち、グジヴナが殖えることもあろう。まっとうな人間の真面目な必要は、いつでも楽しみながら充たすことができ、自分からそれを台無しにしない限りにおいて、楽しい人生も味わえるのだ。

養蜂（H-301）

狩り（H-281）

5の「夏の楽しみ」では鷹狩りだったが、今度は猟犬を伴ってのお狩場での兎狩りである。子供時代から狩猟好きで狩りをして育ったミコワイ・レイらしい、しかもまとまりのよい文章。狩りの音楽にフルート、トロンボーンが出てくるのも興味深い。

ポーランド人のキノコ好きは自他ともに認めるところで、グジボブラーニェ（grzybobranie）という、日本語の「キノコ狩り」とまったく同じ成り立ちの言葉もある。不思議なのは、レイがこの節でも、次の8にある「安上がりの家庭的珍味」でも、アカハツタケ（*Lactarius deliciosus* (L.) Pers.）を一般のキノコと区別して書いていることであるが、理由はわからない。アカハツタケがかなり珍重されていることはわかるが、重んじられているキノコは他にもある。

「主人も時にみずから進んで小屋に入ってしばらく過ごしてみる」という文中の小屋は、しっかりとした建造物ではなく、たとえば狩りの時に、木の枝や葉っぱを集めて拵える臨時の見張り小屋、観察小屋ともいうべき仮設のものだという。

8 秋の家事

しかし物事には時機があるので、それが来たら、主人はぐうたらな牡牛のように何もせずに寝そべっているのではなく、妻や使用人たちと一緒に何でもしなければならない。家に物が満ち足りてあるようになればなるほど、誰もがそこから得る利益、楽しみ、娯楽を増やすことになる。キャベツ、カブ、サトウニンジン、パセリその他のものの汚れをよく落とし、キャベツは特に良いものを選んで取り分けたら、樽を一つ用意し、半分に割ったキャベツをきれいに詰め、ビートを間に挟み、ディルをたっぷり加える――こうしていたって造作なく、美味な紅いキャベツの漬物が出来ると同時に、そこからもろもろのハーブがみごとに香るおいしい漬け汁が得られることになる。

調理場（H-278）

安上がりの家庭的珍味

ビートを竈(かまど)に投げ入れ、よく焼き色がついてからきれいにし、薄切りにしたものを桶の中に並べ、なるべくこまかくおろしたホースラディッシュを混ぜこんで持ちを良くし、フェンネルも少し叩いたものを加えて掻き混ぜ、酢をふりかけ、塩も少々。これで、レモンなどの出る幕もない、珍しい一品の出来上がりで、漬け汁もきわめて美味、ビートそのものも香りのすこぶるよい美味なものに仕上がる。あるいはまた、まだ緑色のフェンネルを茎もろともたくさん刈り取ってきて、一本々々、三つ編みのように編んでから、桶に入れ、酢と塩を加えて掻き混ぜた上から重しに石をのせる。これまた珍しい、保存の利く珍味。あるいはまた赤初茸を塩漬けにする、茸を干す――いったい何が手間だ？　時間がかかる？　ものぐさな無精者には何でも厄介に見えるものだ。

右の二節に出てくる「ビート」は現在の日本では「ビーツ」、「テーブルビート」、「レッドビート」といった食品名で売られている。血のように真っ赤な色の、蕪のように球形の根について レイは書いている。「竈に投げ入れ」とあるが、現代で言えばさしづめ「ホイル焼き」にせよということか。

休閑地を鋤き返す

キュウリの塩漬けに、味を強めるため、ディル、実桜や楢の葉っぱを挟むのはまずいだろうか？　ジャムをしこたま作ったり、果物をたくさん干したり、バラやその他のハーブをたっぷり炒めたり、ウォッカを思う存分蒸溜したりして、誰の迷惑になろう？いずれの作業も楽しみであり娯楽であり、家に何でも豊富にある状態は、われらが《真面目な人間》の楽しく安穏な生活にとってはこの上ないご馳走なのだ。そしてそうした家事を片づけ、種蒔きもしっかり終えれば、そしてもし時間があれば、休閑地を掘り返し、肥やしをやり、小屋や豚舎を修繕するのも悪くない。もし元手がないというのであれば、借金するもよし、みずから工面するもよし、惜しまずに神様とグロシュを恃めばいい。それは、やがて二コパとなって還ってくる、聖なるコパなのだから。そして小屋も仕上げ、その他の用事も片付いたならば、馬を駆って散策するなり、心地の良い宴を催すなり、友の輪の中で、またわが家の中で、心おきなく楽しめばいい。

ジャムと訳した単語は原語がポヴィドウァ（powidła）である。ポーランド語にもジャムに近いジェムというものがあるが、少々異なり、ポヴィドウァには基本的に砂糖を加えないし、ジャム、マーマレード、コンフィチュールと比較しても果肉の量がもっとも多く、濃密なものである。材料は藍色をした晩熟のセイヨウスモモが多い。

9　どんな利益、どんな楽しみを冬はもたらすか

冬が来る。森や狩り場を所有する者ならば、色々な動物を追い回し、運を味方にして獲物に恵まれれば、友人たちを喜ばせ、そこからみずからも利益を得たりするのは、果して取るに足らぬ楽しみだろうか？　また湖や大きな池、漁網を所有する者ならば、深い湖水の上を歩き回ったり、橇を駆ったり、網を沈め、さまざまな魚を好きなだけ漁(すなど)っては、やはり友人たちに喜んでもらい、あるいはみずから利益を得るのはいかが？　森も湖もなければ、罠を張って鹿や狼を捕らえるとか（皮は今日日(きょうび)、ほとんど大山猫なみに五ズウォティもする）、狐用に鉄製の虎挟みを仕掛けるとか（狐の値段も悪くない）、あるいは狭い池であれば鮒や鯉、パーチやノーザンパイクを釣り上げるのはどうか？

冬の狩

切りがないのでこれで終わりにするが、猟犬たちを連れて駆け回り、黒雷鳥を狙って網を張り、山鶉を網でとり押さえ、たっぷり走り回ってたっぷり獲物を持って家に帰るのは楽しみでなくて何だろうか？　暖かい部屋、燃える暖炉、みごとに支度された料理の数々、そして涎の出そうなビールの鉢には、鮒ではなくてクルトンが泳いでいるではないか！　食事の後は納屋にでも出かけて、脱穀はうまくできているかどうか、藁は充分揮（ふる）ってしっかり積んであるか、籾殻、莖はきれいに保管されているか見回り、あるいはまた水運を利用する者は、荷車に積んだ何トンもの麦をシュクータやコミェガに届けるようすを見まもる。そうでなければ、市（いち）に出して、引き換えに銭やら新鮮なバターやら白いパンやら香辛料やら、必要ならば、ワインでも何でもお望みの物を持ち帰ろう。

山鶉（H-295）

「猟犬」という風に一般化して訳してしまったが、ここは、日本でポーリッシュ・グレイハウンドと呼ばれているらしい、一二〜一三世紀から続く大型の犬種のことだろうと思う。国際畜犬連盟（ＦＣＩ）の分類で第一〇グループ第三セクション#三三三である。

シュクータは平底でマストはあるが覆いのない、内陸水運用の無動力船で、穀物などを一〇〇トン以上積めた。オール一本に二人の漕ぎ手がつき、全員で一六〜二〇人の船乗りがいたという。コミェガもしくはコミエンガは、シュクータよりも簡単な造りでマストはなく四角形、漕ぎ手は九〜一一人、オールは七〜九本で、目的地（たとえばグダンスクの港）に着くと解体され、木材として売られた。つまり航行一度限りの船だった。

ワイン、ビール、肉をただで

今日人によっては実践していることだが、利口者なら、ワインでも肉でもビールでもただで手にすることができる——樽を数個、あるいは十数個買っても、その半分と引き換えにほぼ自分の金を取り戻せて、半分は自分でただで飲めるのである。また、まだ仔を産んでいない若い牝牛を数十頭あるいは百頭、あるいは牡羊でもいい、平地のどこかで買いつけて、少し高地の方へ連れてゆき放牧すれば、そのうちの二〇頭くらいはただで台所にやって来てもおかしくない。ビールもまた、自分で醸造すれば、作った半分を居酒屋に売り渡し、半分を自分用に残しておけば、充分元が取れるというわけだ。とはいえ、そういうことが誰にでもできるわけでもなく、何を、どのように、誰ができるかは一概には言えぬ。いずれにせよ、まめで利口な人間は、どんな場合も容易に自助の才を発揮するもの。

10 貧しい人々の素晴らしき食べ物

人間のさまざまな食料

だが、貧乏人が何を食べているかを見たい、その驚くべき実態を観察したいという者は、クラクフの広場に行けば、好奇心も存分に充たされることだろう――さても一人の女がソーセージを炒めているかと見れば、別の女が売っているのは肉のゼリー寄せであり、また別の女は焼いた肝臓に酢と玉葱を添えて商っている。人をたぶらかす女、オプワテクを抱えて広場や通りを走り回る女、リースを持った女、坐って色々なハーブや〔セイヨウアカネから採った〕紅い膏薬をひさぐ女。見れば穀物、鰊(にしん)、バター、蠟燭、硝子の盃、林檎、パン、靴、魚、ジュル、バルシュチュ、胡瓜(きゅうり)、さまざまな園藝作物を脇に置いて坐っているが、いったい誰がこれらをすべて数えあげられるだろう？　店や屋台や路傍、いたるところに女たちは陣取っている！　金物、平織物、綾織物、セーム革、丁子その他もろもろの調味料——とても覚えきれたものではない。自分の手仕事で生計を立てる多種多様な職人たちは言うまでもなく、世の中には何と驚くべき商売が成り立っていることか、とくと見るがよい。生計を立てるのみならず、彼らが上等な衣裳をまとって闊歩する様も。従って、神から知性と富とを授かった、われらが《真面目な人間》にしても、色々とわが身のためになる利益を考え出せないわけがあろうか？　ところが吾らの誰もが持つ傲慢、そして恥ずべき放埒心は、同輩にそれを許さない。その結果、時として自分の主人よりも羽振りのいい農民を田舎で目にすることにもなる。人間の本性は、神を畏れ、誰もが慎ましくみずからの身分を弁え、わずかなことで満足できるようになっているものだ。これまで見てきたように、神様は、吾々が容易に富を築けるよう、さまざまな妙案を用意してくださっているではないか、ただ、昔の諺にあるように、《真面目な人間》よ、貴君自身が勝手に、そしてものぐさにも、灰の中に梨を入れっぱなしで忘れてはいないだろうか？

こうしてみずからの神聖なる農場を歩き疲れるほどに見回った後、今度は一人で、あるいは友とともに、暖かい部屋に坐ってくつろぐ時間だ。もしも神様が子供たちを授けてくださったのであれば、さっそく道化師どものように遊び跳ねてもいいようし、妻はお嬢さんたちとともに針仕事をしながら、貴君とお喋りをしたり、あるいは何やら物語ったりしているかも知れぬし、焼き豚はそろそろ焼き上がる頃合い、黒雷鳥のコンソメ、まるまる肥えた去勢鶏のクルスキ添えも仕上げの段階、蕪もあればその他色々な料理もある――これ以上何が要るだろうか？　貴君の真面目なる食生活にいったい何の不足があろう？　貴君が欲しさえすれば、みずから手に入れ、みずから味わうことができるように、神様はすべてを充分に与えてくださったのだから。

オプワテクとは、日本語のオブラートと語源

図 13

を共有する言葉で、酵母による発酵を経ずに、塩も加えず、小麦粉と水だけで焼いたごく薄いパンのことである。同じ材料で丸いものを聖体拝領の儀式で使うが（聖餅）、ここでは違うものだろう。ジュルは、ライ麦を発酵させて酸味を出し、肉や野菜で味をつけて味わうスープ、バルシュチュはビートを漬けて発酵させ、その漬け汁に味付けをしてスープにしたもので、やはり酸味がある。ともにポーランドを代表する伝統料理。クルスキは、小麦粉や馬鈴薯澱粉に水を加えて捏ね、茹でて作る、紐状、団子状などのさまざまな形の食品の総称。

図13は、この後につづく第一七章の冒頭に掲げられた木版画で、題をつけるとすれば「書斎の作家」とでもなるだろうか。いかにも『鏡』に似つかわしい。

あとがき

これは、ミコワイ・レイという人物とその活動や作品がもつ意味合いについて考えるエッセイに加えて、レイのテクストをつまみ食いしながら、日本語に訳し、紹介した本である。そもそも膨大な量のテクストからほんのわずかなものを――一%にも達していないのではないだろうか――選んだにすぎず、その選択もきわめて偏ったものだ。しかも、レイの場合、きちんとした注釈となると、本当は中世からルネッサンスにかけての政治史、経済史、宗教史の専門家に協力を仰ぐべきだし、農業、植物、動物、狩猟、音楽、料理といった多岐にわたる分野の正しい知識も必要だろう。その必要は、コハノフスキを論じたり訳したりする場合よりも切実だと、今回つくづく感じさせられた。にも拘わらず、そうした知識もまるでないまま、専門家に助けてもらうこともせず、一人でこういうものを書いてしまった。功罪相償(つぐな)った結果、少しでもプラスがあればいいが。

ミコワイ・レイの書いたものは、中世とルネッサンスに跨(また)がるような文学だとよく言われる。

たしかにその通りで、テクストからは古い臭いと新しい香りの両方がしてくる。ポーランド語でパン（pan）という単語があり、古ければ封建制の荘園領主の殿様を意味し、その地域一帯に一人のパンしかいない。時代が下って、二〇世紀後半にもなれば、男性成人は誰でもが平等な独立した個人であり、社会を構成する一個の主体なのでパンと呼ばれる。女性の場合はパニ（pani）で、パンとほぼ同じ変化を遂げてきた。

今回、『真面目な人間の一生』第二書の第一六章を翻訳しながら、そこに描かれている男が、「殿（との）」ではなく「氏（し）」の顔を見せるのを垣間見た気がした。もちろん、そこにいるのは、依然として、家父長制を正当化し、理想化した一家の主「パン・ミコワイ」のままであり、お狩場ではやはり馬上からあれこれ指図する殿様であることに変わりはないのだが、菜園や炊事場での作業をあたかもみずから喜んでしているかのような姿に、そして何よりも生活や散策や労働を「楽しめ」と語る姿勢に、近代的な個人が見えるような気がした。おそらくは幻影にすぎないことなのだが、そういうことがあって、本の題に「氏」を選んだ。と同時に「ミコワイ・レイ」という、日本語では意味をなさない片仮名の連続が、人間の名前であるらしいことを示唆したかった。

参照した文献の数はあまりに多く、翻訳の底本としたテクストも毎回異なり、一つに決められなかった。初版の原書以外に、何種類もの近現代の刊本を比べながら、適当に句読点を配したものもたくさんある。ちなみに、文中に「 」の括弧や長いダッシュ、感嘆符などの近代的な記号があれば、それはたいてい後世の人間か私自身が恣意的に補ったものだ。

もし一般の人がレイの文章をポーランド語で読んでみようということになれば、オソリネウム社（Ossolineum）が刊行する《国民文庫》（Biblioteka Narodowa）の第一シリーズ四〇番、一五一番、一五二番あたりから手を付ければいいと思う。これらはどれも非常に古いものだが、私はとても世話になった。私が持っている一五一番などはぼろぼろで、綴じ糸も切れているが、著者のユリアン・クシジャノフスキが一九五三年十一月三日付で、つまり上梓直後に、クラクフ大学の学者ヴィトルト・タシツキに贈った自筆の献辞が書き込まれた初版本である。そのタシツキが書いた同叢書一四六番も頁がばらばらになりつつある古本だが、今回とても役に立った。実は国民文庫からは二〇一五年に三〇八番として『ミコワイ・レイ文集』というものが出ていることをインターネットで知ったが、入手しなかったし、中身も知らない。しかしきっと、レイの入門書としては今ではこれが一番いいのだろう。その他もろもろの文献名を並べる必要はないと思うので、割愛する。

一六世紀の初版本をはじめ、古い書物で著作権が解放されている刊行物は、ポーランドの国立図書館が運営するパブリック・ドメインのサイトPOLONAで写真を見ることができるし、頁を一枚づつ画像ファイルとしてダウンロードすることもできる。この本で使ったものはほとんどその方式で入手した。

またレイの作品とは直接関りはないが、一五六八年にクラクフで出版され、当時もその後もよく読まれた一種の百科全書、植物学者マルチン・シェンニク（Marcin Siennik）著*Herbarz*からも図版を拝借して挿絵とした。たとえばキャプションに「鷹狩（H-274）」とあれば、この書物の二七四頁からとったことを示すが、題はこちらで付けたもので原書にはない。これもPOLONAで見られる。

傍点が非常に多くなったが、これらはすべて私が付したものである。訳文中〔　〕で括ったものは訳者による注釈である。

いつものことながら、未知谷編集部の飯島徹さん、伊藤伸恵さんにはとてもお世話になった。お礼を申し上げたい。

二〇二一年十月十一日　信州の疎開先で

関口時正

Niniejsza publikacja została wydana w serii wydawniczej
„Klasyka literatury polskiej w języku japońskim"
w ramach „Biblioteki kultury polskiej w języku japońskim"
przygotowanej przez japońskie NPO Forum Polska,
pod patronatem i dzięki dofinansowaniu wydania przez Instytut Polski w Tokio.

本書は、ポーランド広報文化センターが後援すると共に出版経費を助成し、
特定非営利法人「フォーラム・ポーランド組織委員会」が企画した
《ポーランド文化叢書》の一環である
《ポーランド文学古典叢書》の一冊として刊行されました。

Mikołaj Rej

1505年生～1569年没。ポーランド南部で生涯を過ごし、歴史上初めて、ポーランド語だけで執筆して多くの著作を残した作家。「黄金時代」とされる16世紀のポーランド・ルネッサンス文化を代表する人物であり、19世紀には「ポーランド文学の父」と呼ばれるようになる。カルヴァン派信徒。国会議員でもあった。代表作には『領主と村長と司祭、三人の人物の短い会話』(1543)『動物園』(1562)『鏡』(1568) などがあるが、日本語の翻訳はなく、人物と作品の紹介も、本書が日本では初となる。

せきぐち ときまさ

東京生まれ。東京大学卒。ポーランド政府給費留学(ヤギェロン大学)。1992～2013年、東京外国語大学でポーランド文化を教える。同大名誉教授。著書に『ポーランドと他者』(みすず書房)、訳書にＪ.コハノフスキ著『挽歌』、Ａ.ミツキェーヴィチ著『バラードとロマンス』『祖霊祭　ヴィリニュス篇』、Ｓ.Ｉ.ヴィトキェーヴィチ著『ヴィトカツィの戯曲四篇』、Ｂ.プルス著『人形』(以上、未知谷)、Ｊ.イヴァシュキェヴィッチ著『尼僧ヨアンナ』(岩波文庫)、Ｊ.コット著『ヤン・コット　私の物語』(みすず書房)、Ｃ.ミウォシュ著『ポーランド文学史』(共訳、未知谷)、『ショパン全書簡　1816～1830年――ポーランド時代』(共訳、岩波書店)、Ｓ.レム著『主の変容病院・挑発』『インヴィンシブル』(国書刊行会) などがある。

ミコワイ・レイ氏の鏡(かがみ)と動物園(どうぶつえん)
《ポーランド文学古典叢書》第９巻

2021年11月22日初版印刷
2021年11月30日初版発行

著者　関口時正
発行者　飯島徹
発行所　未知谷
東京都千代田区神田猿楽町 2 丁目 5-9　〒 101-0064
Tel. 03-5281-3751 / Fax. 03-5281-3752
［振替］　00130-4-653627

組版　柏木薫
オフセット印刷　加藤文明社
活版印刷　宮田印刷
製本所　牧製本

Publisher Michitani Co. Ltd., Tokyo
Printed in Japan
ISBN 978-4-89642-709-7　C0398

《ポーランド文学古典叢書》

挽歌
第1巻

ヤン・コハノフスキ／関口時正 訳・解説　96頁 1600円

ミツキェーヴィチ以前のポーランド文学の最も傑出した詩人、代表作。

ソネット集
第2巻

アダム・ミツキェーヴィチ／久山宏一 訳・解説　160頁 2000円

オデッサで過ごした日々と、クリミア旅行中に生まれた恋のソネット集。

バラードとロマンス
第3巻

アダム・ミツキェーヴィチ／関口時正 訳・解説　256頁 2500円

文学・音楽を巻き込んだポーランド・ロマン主義の幕開け、記念碑的作品集。

コンラット・ヴァレンロット
第4巻

アダム・ミツキェーヴィチ／久山宏一 訳・解説　240頁 2500円

19世紀、民族の存続を支えた32歳放浪の天才詩人の叙事史詩。

ディブック　ブルグント公女イヴォナ
第5巻

Ｓ．アン＝スキ　Ｗ．ゴンブローヴィチ

西成彦 編／赤尾光春・関口時正 訳・解説　288頁 3000円

世界文学史上極めて重要なポーランド戯曲二作品を一冊で。

ヴィトカツィの戯曲四篇
第6巻

Ｓ．Ｉ．ヴィトキェーヴィチ／関口時正 訳・解説　320頁 3200円

世界各地で上演され続ける前衛演劇をポーランド語からの直接翻訳で紹介。

人 形
第69回読売文学賞（研究・翻訳賞）／第4回日本翻訳大賞受賞

ボレスワフ・プルス／関口時正 訳・解説　第7巻

「ポーランド近代小説の最高峰の、これ以上は望めないほどの名訳。19世紀の社会史を一望に収めるリアリズムと、破滅的な情熱のロマンが交錯する。これほどの小説が今まで日本で知られていなかったとは！」（沼野充義氏評）。　1248頁 6000円

祖霊祭　ヴィリニュス篇
第8巻

アダム・ミツキェーヴィチ／関口時正 訳・解説　240頁 2500円

ポーランド・ロマン主義を牽引した放浪の天才詩人の演劇分野最高の達成！

未知谷